Freio #5

KURZ NOTIERT

Papier und Stift
Schnell noch das,
was die Zeitungsecke hergibt
Fetzen, Fitzelchen, Schnipsel
Für den Zipfel eines Gedankens
Oder das Codewort
Wie hieß die Telefonnummer
Moment
Ich hab es gleich
Ein letzter Gruß
Zuletzt ein
Unleserliches Gekrakel
Danach fühlt man sich leichter

Benno Zimmermann

Freio #5

ZETTEL

Herausgegeben von einem Autorenteam
im Freio Verlag Köln

INHALT

Seite

Anhang

GEGEN DIE GLATZE

»Morgen, nehmen Sie drüben Platz. Sie kommen sofort dran, mache ich selber, die Damen hinten sind für die älteren Kundinnen da. Sie waren noch nicht hier, oder? Vielleicht früher, bevor ich den Laden übernommen habe? Nee? Wegen Marlies wahrscheinlich. ›Kinderschreck‹ sagten alle, recht hatten sie. Überall kurz scheiden, wirklich? Na gut, aber ich mach's Ihnen ein bisschen modisch. Wie für meinen Sohn. Gut, bei Ihnen sind sie was dünner, aber – na ja, sechzehn ist er jetzt, macht eine Lehre, Schornsteinfeger, jeden Tag mit dem Mofa von Bergheim nach Porz zur Schule, und ich suche hier in der Gegend eine kleine Wohnung, so für drei Nächte die Woche, da kann er auch mal übernachten, der braucht noch seine Mama, wissen Sie, ich bin von meinem Mann geschieden. Die Locken hinten auch weg? Dann muss ich nicht jeden Tag hin und her. Nette Gegend hier. Sie haben's also vorher nicht gesehen, wie die Räume aussahen. Weiberfastnacht und Rosenmontag haben wir renoviert, stellen Sie sich das vor. So ein Zustand, das können Sie sich gar nicht vorstellen, die abgehängte Decke, da waren Mäuse drin, das sage ich jetzt Ihnen, aber die hinten müssen das nicht wissen, mit den Mäusen, die kriegen Angst. Auf jeden Fall, der Herr Mohr, das ist mein Lebensgefährte, der ist schon fünfundsechzig, aber topfit, der ist Malermeister, der hat den Laden gekauft und am Rosenmontag hat er die Decke gemacht. Schön, ne? Augenbrauen? Wo wohnen Sie? Ja, dann haben Sie es gar nicht weit. Und morgens unter der Wochen können Sie? Ja. Schreiben tun Sie! Ja, dann haben Sie viel

Zeit. Wir sind gleich fertig, alle sagen: ›Ulla, du bist richtig flott‹, aber nur so läuft der Laden. Ich lasse oben ein bisschen mehr. Wissen Sie, da ist mehr, als Sie denken, die Wurzeln sind noch vorhanden, da kann man was machen, das habe ich Herrn Mohr gesagt und jetzt nimmt er Biotin. Wenn Wurzeln da sind, dann ist noch nicht alles verloren. Und viel massieren, das hilft auch. Jetzt gucken Sie, ich halte den Spiegel so. Ja, Biotin heißt das, ich schreibe es Ihnen auf, das sind keine Tabletten, das müssen Sie nicht denken, und bei ALDI am billigsten.«

Ulla nimmt mein Geld, drückt mir einen Zettel in die Hand und komplimentiert mich hinaus.

John Sykes

8.1.2012
Bitte Datum eintragen. Aushang max. 14 Tage gültig.
biete: suche:
Jan von Werth
Reiter Köstumrock-
Jacke mit 2
Original
J. von Werth
Vereins Orden.
Bitte Datum eintragen. Aushang max. 14 Tage gültig.
biete:

Spielpark mit Formen,
Tönen und Lichtern.
Preis: 13.- EUR VB
verkaufe ein wunderschönes
mit Hut, sowie ein Mantel in
Top Zustand!!! Preis: 65,- EUR
Handy:
Ich biete
Kölschgläser
Vom Karneval, Sport
(FC + MG) und verschiedene
Brauereien. Bierdeckel,
Bierkrüge und sonstige
Werbeartikel

Küppers Kölsch
hier zu haben
Internationale
21. Juli 1990
Bier
1954
1973

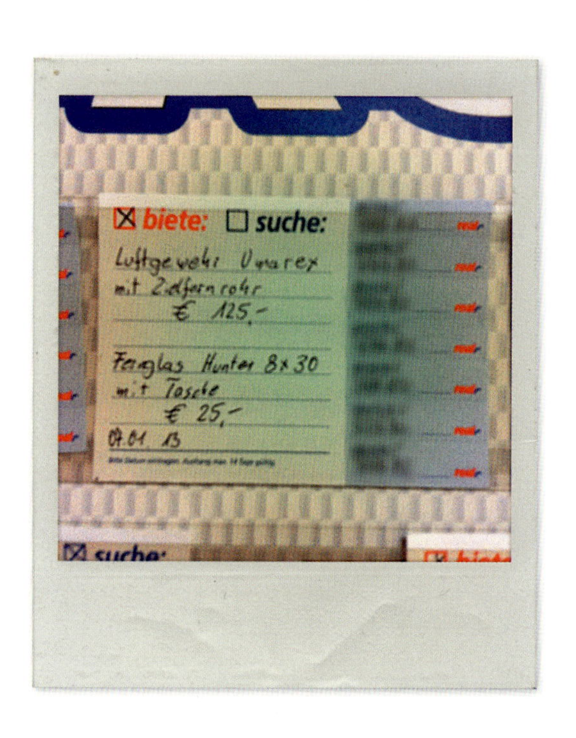
biete:
suche:
Luftgewehr Umarex
mit Zielfernrohr
€ 125,-
Fernglas Hunter 8x30
mit Tasche
€ 25,-
07.01.13
suche:

zu mieten
oder kaufen"
9.1.2013
biete:
suche:
STRAT KOPIE neuwertig
mit Tasche, Gurt u.sw.
mit org. Fender teilen veredelt
Topzustand!
VB:
98 €
05.01.13

F G
ALFREDO

auf dem küchentisch
ein vergilbter einkaufszettel
das bleibt
und eine vage erinnerung
an das flattern von kinderseelen
die sie zum spaß aufhängten
und trocken und hart werden ließen

Ulrike Schweitzer

006: Katy Nicholls successfully applies to Southwark's Cleaner Greener Safer fund for planters with ivy and a bronze plaque for the Crossbones gates.
This, the first official plaque, can still be seen on the gates. It bears the image of a rampant goose, a brief description of the Winchester Geese and the paupers who are buried here, and the legend:
At the first Halloween of Crossbones in 1998 a plaque reputedly made by a local working girl, was fixed to the wall. It was the first of several unofficial plaques, all of which were removed.
2002: After a long campaign by
residents, Southwark Council refuses a
planning application to erect 3 tower
blocks, effectively desecrating
Crossbones Graveyard.
Suzanne
Susan

NUR ZETTEL

Sie hatten ihr die Haare kurz geschoren. Wie bei einem Schaf. So wirkte Kula burschikos, dafür weniger gestört. So hatte es Irene bestimmt. Schließlich war sie die größere Schwester und der eigentliche Mann im Haus. Die Eltern waren alt und hatten ihr Mitspracherecht schon lange abgegeben. Gegen Irene kam sowieso niemand an. Das war vielleicht auch der Grund, warum sie noch keinen Mann gefunden hatte. Ende zwanzig war sie. Vor vierzig Jahren war das noch so. Wer bis dahin nicht geheiratet hatte, der blieb allein. Eine alte Jungfer. Irene hatte deswegen immer eine unterschwellige Wut. Man sah es an ihrer Körperhaltung, besonders in ihrem Gesicht. Es schwoll auf und lief rot an, selbst bei der geringsten Aufregung. Und dann die Schreianfälle! Kula konnte es eigentlich nicht mehr aushalten. Aber ihr blieb keine andere Wahl.

Als sie zur Welt kam, stellten die Ärzte bald fest, dass sie leicht behindert war. Deshalb konnte Irene alles bei ihr abladen. Wenn etwas schiefging, war es immer Kula, die Schuld an allem hatte. Da half kein Reden und kein Beten. Kula war auf Irene angewiesen. »Du bist doch eh zu nichts nutze!«, musste sich Kula immer wieder anhören. »Außer zum Papierkleinschneiden«, fauchte ihre Schwester sie an. Und tatsächlich hatte Irene ihre behinderte Schwester von klein auf damit beschäftigt, indem sie sie mit einer, wie sie fand, ungefährlichen Papierschere altes Zeitungspapier klein schnipseln ließ. In der kleinen Gemeinde hätte man jeden danach befragen können. Kula war allen als Pappe-Kula bekannt. Obwohl sich niemand getraut hätte, sie so anzusprechen. Man sah Kula sowieso nicht so oft. Und dann war sie immer in Begleitung von Irene. Den meisten tat Kula schrecklich leid. Sie war so niedlich und konnte gegen ihre Schreckschraube von Schwester doch so wenig ausrichten.

Eines Tages geschah etwas, mit dem niemand gerechnet hatte. Irene fand einen Mann aus der benachbarten Gemeinde, der sich für sie interessierte. Vielmehr – für ihr Geld. Die Eltern hatten ihr das gesamte Vermögen überschrieben. Irene sollte die Eltern im Alter pflegen und natürlich auch ihrer hilfsbedürftigen Schwester zur Seite stehen. Doch jetzt wollte Irene die Karten noch mal neu mischen. Jetzt würde sie eine eigene Familie gründen. Sie könnte sich endlich erhobenen Hauptes in der Gesellschaft zeigen. Bald wäre sie eine verheiratete Frau. Und dann, ja, dann sollte sie besser eine Lösung für Kula finden. Ihr Mann würde sicher keine behinderte Schwägerin im Haus aushalten können. Sie, ja, sie konnte mit Kula schon umgehen, aber für ihren zukünftigen Mann wäre Kulas Anwesenheit eine Zumutung.

Die Entscheidung fiel in wenigen Sekunden. »Kula, ich bringe dich nach meiner Hochzeit in ein Heim. Das ist nur 30 km von uns entfernt. Du wirst dort ein eigenes Zimmer haben, mit Blick auf einen Garten. Wir kommen dich dort auch oft besuchen. Du wirst sehen, es wird dir gefallen!«

Kula brach in Tränen aus. Sie fiel auf die Knie, umklammerte Irenes Bein, bat und schrie und flehte die Schwester an. »Bitte, Irene, nicht. Ich will bei euch bleiben. Ich will bei Mama und Papa und bei dir, meiner Schwester Irene, bleiben. Ich will nicht weg, nicht weg, nicht weg.«

Irene riss sich von Kula los, knallte die Zimmertür heftig zu und ging hinaus auf den Hof. Dort war Kulas Weinen leiser.

Am nächsten Tag war es still im Haus. Kula saß im Wohnzimmer. Die Eltern blickten sprachlos, emotionslos, auf der Coach sitzend, zum Fenster hinaus, als Irene den Raum betrat. Sie trug einen schweren Koffer bei sich. Als sie gerade dabei war, den Koffer neben den Wohnzimmerschrank abzustellen, ertönte eine Autohupe. »Ich fahre in die Stadt«, erklärte sie. »Hochzeitseinkäufe etc.«, konnte Kula noch hören, bevor die Tür heftig zuflog. Kula wusste nur zu gut, was mit »Hochzeitseinkäufe etc.« gemeint war. Um die Mittagszeit legten sich die Eltern schlafen. Kula brauchte nicht lange. Sie öffnete den Koffer, den Irene gedankenlos zurückgelassen hatte, und begann mit der Arbeit. Mit ungewöhnlich starkem Eifer schnitt sie das bunte Papier in feine Streifen.

Gut gelaunt kam Irene am späten Nachmittag nach Hause zurück. Im Wohnzimmer saß Kula gerade bei einer heißen Tasse Schokolade. Irene nahm ihren Koffer, legte ihn auf den Tisch und öffnete ihn. Ihr Gesicht wurde beim Anblick des Inhalts kreidebleich.

»Was hast du nur mit den Geldscheinen gemacht?«, schrie sie voller Entsetzen.

Es war das erste Mal, dass Kula ihrer Schwester mit einer für sie heiteren, befreienden Gleichgültigkeit antwortete: »Zettel!«

Marianthi Milona

K E N N E N   W I R   A L L E

Penibel aufgelistet,
was alles fehlt
dann
den Zettel vergessen!

Benno Zimmermann

60
DEUTSCHE BUNDESPOST
BAVARIA MÜNCHEN

650
ITALIA

Cilly Aussem
Deutsche Bundespost
20
750 Jahre Kiel
DEUTSCHE BUNDESPOST
60

ESPAÑA
correos
70
A DOMICILIO
Frau Frieda Hilger

REPUBLIC OF IRAQ
PALESTINE
POSTAGE
5 FILS
75
TO THE WELFARE OF THE FAMILIES OF MARTYRS AND FREEDOM FIGHTERS OF PALESTINE

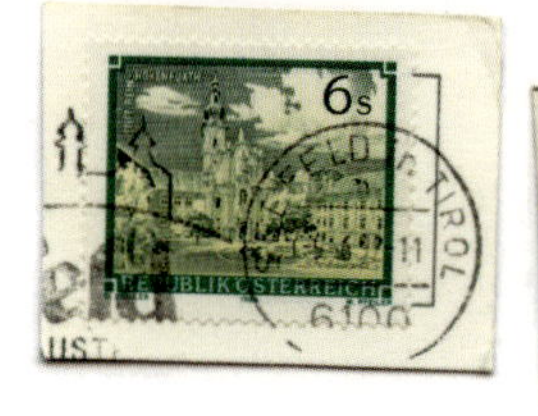
6s
REPUBLIK ÖSTERREICH
TIROL

5.60 S
REPUBLIK ÖSTERREICH

ITALIA
SPINEDA
19.11.82

NEDERLAND
1G

ESPAÑA
correos
60

STIFT ST. PAUL IM LAVANTTAL
5s
REPUBLIK ÖSTERREICH

S
6
REPUBLIK ÖSTERREICH

STIFT ST. PAUL IM LAVANTTAL
5s
REPUBLIK ÖSTERREICH

4.20 S
REPUBLIK ÖSTERREICH

España
correos
75
A DOMICILIO

DEUTSCHE BUNDESPOST
20
BERLIN

POSTAGE
REPUBLIC OF IRAQ
75
PALESTINE
5 FILS

REPUBLIQUE FRANÇAISE
LA POSTE
2.50

S
6
REPUBLIK ÖSTERREICH

S
6
REPUBLIK ÖSTERREICH

CASTELLO DI ROCCA SINIBALDA
550
ITALIA

D E R G E D A N K E W A R D A

meine Hoffnung
klammert sich an ein Wort;
blind aufgeschrieben in der Nacht,
um deinen leichten Schlaf nicht zu stören.
Am nächsten Morgen
kann ich es nicht mehr entziffern.

Benno Zimmermann

Bavaria 606
ZU VERKAUFEN
Zu verkaufen:
Segelboot zu verkaufen
ZU VERKAUFEN !
CRANCHI CLIPPER

DER ELFER

Sonntagmorgen. Ein Schwarm graublauer Brieftauben fliegt eilig im weiten Bogen über den rotbraunen Sportplatz, der von einer Pappelreihe gesäumt in einer Mulde am Dorfrand liegt. Hätte jemand ihre Sichtweise einnehmen können, würde er sehen, wie sich dort unten zwei Jugendmannschaften in gelben und grünen Trikots am Sechszehner in kleinen Gruppen vor einem Tor versammeln. Gleich würde es nach einem Handspiel zu einem spielentscheidenden Elfmeter kommen.

Es ist ungewöhnlich still, die Kirchenglocke schlägt in der Ferne das Angelus – und wären nicht alle dort unten auf diesen spannenden Augenblick konzentriert, hätten die wenigen Zuschauer und die Spieler das Rauschen und Klatschen der Flügelschläge vernommen. Sie hätten gesehen, wie sich die Tauben nach einer Umkreisung in der ersten Häuserzeile auf das kleine schwarze Dach mit dem aufgebauten Taubenschlag niederließen, um dann gleich wieder munter aufzusteigen.

Der fünfzehnjährige Kalle, den sie alle Muttkipper nennen, steht mit ernster Miene im Tor und schielt nach rechts hinüber zu seinem kleinen Bruder, der mit hoch aufgerecktem Arm eifrig winkend von der Seitenlinie her quer über den Platz zu ihm hinübergerannt kommt. Zwischen Daumen und Zeigefinger flattert ein kleines weißes Stück Papier. »Watt well denn der jetzt?«, denkt Kalle verärgert und zieht sich für seine bevorstehende Aufgabe die Knieschoner zurecht. Es folgen die übergroßen Handschuhe, dann springt er auf Zehensitzen zwischen den Torpfosten auf und ab. Mit rudernden Armbewegungen bemisst er den Torraum.

Der grau verhängte Wolkenhimmel verspricht einen baldigen Platzregen. Die Tauben, die zum wiederholten Mal den Aschenplatz umrunden, spiegeln sich für einen Augenblick in der ovalen Pfütze vor Kalles Füßen. Bevor sein Bruder ihn erreicht, sieht er weit hinten am Spielfeldrand an der Außenlinie den Trainer stehen – seinen Vater. Breitbeinig und in strenger Haltung steht er dort.

Die Hände in den Hosentaschen blickt er mit erhobenem Kopf zu ihm hinüber – neben ihm wie immer die Kühltasche mit den kalten Getränken und der klapprige Campingstuhl, den er so gut wie nie benutzt. Drei weitere Väter, die an der äußeren Bandenwerbung ›Heizung-Sanitär-Müller immer für Sie da‹ lehnen, leisten ihm Gesellschaft. Über ihren Köpfen steigt ein Zigarettenwölkchen auf, das von einem ungesunden Hüsteln begleitet wird.

Der Schiedsrichter, ein etwas fülliger Mann mit gerötetem Kopf, schaut ungeduldig auf seine Armbanduhr, schiebt seine Trillerpfeife in den Mund und gibt mit einer Handbewegung den Ball frei. Kalles Gegner, ein untersetzter Bursche mit zerrauften schwarz glänzenden Haaren, die von einem blauen Einmachgummi gehalten werden, legt sich den Ball gründlich auf dem Elfmeterpunkt zurecht. Dann tritt er entschlossen fünf Schritte zurück. Von Weitem schreit ein junges Mädchen über den Platz: »Hau ihn rein, Anker!« Anker grinst siegessicher und wischt sich mit dem Ärmel den verdreckten Schweiß aus der Stirn, während einer seiner Mitspieler ihm etwas ins Ohr flüstert.

Kalles Mitspieler stehen schweigend am Sechzehner und schauen reglos und angespannt zu ihm hinüber. Nur Sichel, der rechte Verteidiger, sieht schuldbewusst auf den Boden und scharrt dabei mit seinem rechten Fuß eine Furche in den weichen Boden. Falls der Ball jetzt so kurz vor dem Schlusspfiff ins Netz geht, können sie den Traum von der Kreismeisterschaft vergessen – eine peinliche Blamage so kurz vor dem greifbaren Ziel!

»He, weg da aus dem Torraum!«, schreit einer der Gelben, als der kleine Bruder außer Puste vor Kalle auftaucht. Er drückt ihm schnell den Papierschnipsel in den rechten Handschuh und verschwindet dann flink zwischen den wenigen Zuschauern neben dem Tor. Verärgert will Kalle das lästige Papier schon hinter sich schmeißen, erblickt darauf jedoch die feste Handschrift seines Vaters: *Linke Ecke!* steht da in Blau, zweimal dick unterstrichen. Er blickt kurz zu ihm hinüber und vernimmt zeitgleich den energischen spitzen Pfiff des Schiedsrichters. Schnell geht er etwas in die Hocke, breitet seine Arme aus und lässt das Papier aus den Fingern gleiten, das dann, von einer Böe erfasst, neben ihm im Torraum zu tanzen beginnt.

Linke Ecke hat ihm der Vater befohlen. Kalle verspürt Furcht und einen gewaltigen Druck, den diese zwei Wörter auf ihn ausüben. Sich ihm zu widersetzen und zu versagen würde nicht endende Wutausbrüche nach sich ziehen. Stoßweise saugt Kalle die kühle Morgenluft ein und mit jedem Atemzug hat er das Gefühl, zu wachsen, größer und stärker zu werden. Eine wilde, noch nicht gekannte Auflehnung gegen den Vater flammt plötzlich in ihm auf. Ein trommelnder Herzschlag befeuert sein Denken.

Dann geht alles blitzschnell: Er sieht, wie Anker mit schnellen Schritten anläuft und mit aller Wucht gegen den Ball tritt. Mit einem weit hörbaren, dunklen Ton macht sich der Ball mit hoher Geschwindigkeit auf den Weg, begleitet von dem Wunsch, unhaltbar ins Netz zu fallen. Die linke Ecke antäuschend springt Kalle entschlossen und mutig in die rechte. Noch im Flug trifft der Ball hart seine Brust. Reflexartig umklammert er ihn und begräbt ihn im Fallen unter sich. Benommen bleibt er für einen Moment regungslos liegen und spürt dabei nicht, wie seine Knieschoner das schmutzige Pfützenwasser aufsaugen. Er hört nicht den Jubel und das Geschrei seiner Mannschaftskameraden, die sich bald wild vor Freude über ihn werfen.

Als er endlich mit einem Überschwall von Glücksgefühlen seine Augen öffnet, sieht er zwischen den zappelnden Beinen seinen Vater, den Trainer. Der sitzt klein, seinen Kopf auf die Fäuste gestützt, im Campingstuhl und blickt stumm von Weitem zu ihm hinüber. Die Gruppe der Männer hinter ihm springt johlend vor Vergnügen auf und ab und schlägt ihm anerkennend auf die Schulter. Dann schaut einer von ihnen prüfend zum Himmel und öffnet seinen grünen Knirps. Der Taubenschwarm hat sich nun endgültig niedergelassen.

Theo Kerp

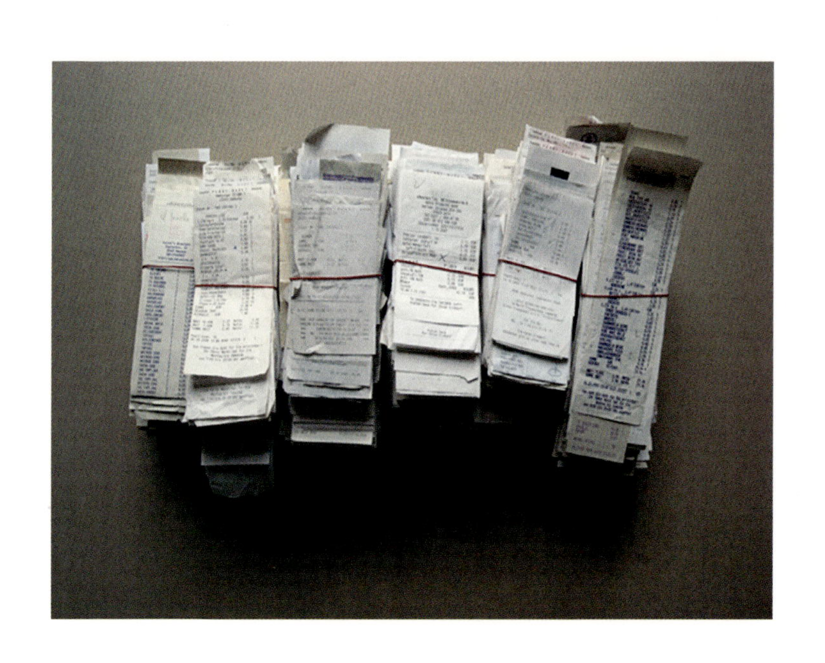

KASSENBONSPRACHE

Mein Augenmerk gilt Phänomenen des Alltags. Seit mehr als zehn Jahren beschäftige ich mich mit der Sprache von Kassenbons.

Beim Überfliegen von Kassenbons entdeckte ich Worte, die aus einer eigenen Sprache zu kommen schienen. Ich begann, herumliegende Bons zu sammeln. Dabei entdeckte ich immer mehr Begriffe und Abkürzungen – *Julia Kalb, Verrückte Kühe, Picnic mit Rind, Frucht Pur Sau, Schaebenë s Tot. Meer, klax.max, Pisten Crisp, Trut.Wurst -Duett, Eid MagerquarkÖ*

Manchmal ergaben die zufällig auf dem Laufband liegenden Waren spannende Kombinationen:

Feinstrumpfhose
Ja ! Schinkenwurst
Ja ! Schinkenwurst
Ja ! Schinkenwurst

Es entstand die Idee, Kassenbongedichte einzukaufen, d. h., genau so einzukaufen, dass ein Gedicht auf dem Kassenzettel entsteht. Das Ausgangsmaterial war eine große Sammlung gefundener Kassenbons, aus der ich mir einen Wortschatz gesucht habe. Nach vielen Vorbereitungen und einigen Probekäufen sind zwanzig Gedichte entstanden.

Das Folgeprojekt war der Kassenbonwortschatz nach Sachgruppen – eine Sammlung, eine Art Nachschlagewerk, für das ich sieben Jahre lang Kassenbonworte gesammelt und geordnet habe. Die ›Restsprache‹ der Kassenbons wurde von mir ernst genommen, wie Sprache behandelt und in ein eigenes System einsortiert. Ein ganzer Kosmos ist entstanden, der ›wissenschaftlich-akribisch‹ aufgebaut wurde und doch mit der Sprache spielt.

Durch die Zuordnung entstehen immer wieder neue Perspektiven und Assoziationen, ich denke quer und interpretiere eine sprachliche Welt neu.

Ich nähere mich in verschiedenen Medien der ›Kassenbonsprache‹: Texttableaus, gerahmte Kassenbongedichte, die Bonsammlung, Videoinstallation, Künstlerbücher, Fensterbeschriftungen sowie Lesungen.

Susann Körner

** BUDNIKOWSKY **

	DM	
DEIN BESTES SCHALE	0,58	2
DEIN BESTES SCHALE	0,58	2
DEIN BESTES SCHALE	0,58	2
DEIN BESTES PUTE	0,48	2
DEIN BESTES ENTE	0,48	2
DEIN BESTES RIND	0,48	2
DEIN BESTES LACHS	0,48	2
DEIN BESTES SCHALE	0,58	2
DEIN BESTES SCHALE	0,58	2
DEIN BESTES SCHALE	0,58	2

SUMME 5.40

Summe in EURO = 2,76
1 EURO = 1,95583 DM

MWST 7,0%= 0,36
BAR 5.40 DM

?9.11.2000 10:52 14684 5 3 20

BUDNI Einfach gut • BUDNI Einfach gut • BUDNI Einfach gut

Vielen Dank für Ihren Einkauf • Vielen Dank für Ihren Einkauf

*** SPAR-MARKT SVEN ANDERS ***
GRINDELALLEE 126 TEL:040/448963

EST! EST! EST!	6,49
SCHMELZBLÖCKCHEN	0,99
PARADIESCREME	0,99
PALETTI 200G	1,59
EST! EST! EST!	6,49
KÜHNE GÜRKCHEN	4,99
PEPPIS	2,39
STAFETTEN 200G	1,59
EST! EST! EST!	6,49
SPARSAM MORTADELLA	1,59
SUMME DM	33,60 *
BAR	33,60

MWST DETAIL

MWST 16.00%	2,69
MWST 07.00%	0,92
SUMME	3,61

KASSE 3

23.01.01 08:45 47188 13 3 1

Dieser Bon gilt als Quittung
Ihr Einkauf in EURO 17,18
1 EURO = DM 1,95583

M I N I M A L
M A R K T

HOHELUFTCHAUSSEE 23/25
20253 HAMBURG

DIE 12-12-00 №5663
704BD KASSE

DM

HAUSHALTSROLLE *2,99
WISCH & WEG *4,99
VANILLE TRAUM *0,59
WISCH & WEG *4,99
KRAEUTERTRAUM *4,79
WISCH & WEG *4,99
WOELKCHENCREME *0,79
WISCH & WEG *4,99
FRUECHTETRAUM *0,59
WISCH & WEG *4,99
WISCHWUNDER 10ER *2,29
ZWS *36,99
EINKAUF IN EURO
EUR *18,91

TOTAL *36,99

GEGEBEN *36,99
RUECKGELD *0,00

0537№ 11 ARTIKEL 19:50DT

PAUSE

Kas: 001/0012 Bon0400 PC01 P
Dat.04.04.2005 Zeit16:08:02

JE TAIME
Christian

DER SCHICKSALSZETTEL NR. 3

Jemand läutete die Glocke an der Haustür. Johanna und Isabell, die gerade dabei waren, das Geschirr vom Mittagessen zu spülen und abzutrocknen, sahen sich fragend an. Die meisten Besucher, Nachbarn oder Freunde, sogar der Briefträger, kamen direkt zur Küchentür herein. Isabells Mann hielt seine Sprechstunden im Tempel gegenüber dem Wohnhaus. Er war Priester in der kleinen Gemeinde und zuständig für Hochzeiten oder Beerdigungen. Oft luden ihn die Menschen, die Zeremonien mit ihm besprechen wollten, auch zu sich nach Hause ein. Also wer konnte das sein?

Isabell ging zur Haustür und Johanna hörte, wie sie auf Japanisch jemanden begrüßte.

Gefolgt von einer etwa fünfzigjährigen Japanerin in westlicher Kleidung kam sie zurück in die Küche. »Kannst du dich an Frau Tanaka erinnern?«, fragte Isabell. »Wir haben sie vorgestern beim Kendounterricht getroffen.«

Johanna hätte sie wahrscheinlich auf der Straße nicht erkannt, aber jetzt erinnerte sie sich. Isabells Kinder nahmen an dem Unterricht teil und Johanna hatte einmal sehen wollen, wie die Jungen und Mädchen mit langen Holzstäben in der Hand schreiend auf einen behelmten Lehrer zustürmten, um ihm mit dem Stab auf den Kopf zu schlagen. Eine der ältesten Kampfkünste Japans. Die kleine Frau hatte den Tee für den Kendomeister zubereitet und Süßigkeiten für die Kinder verteilt.

»Ohaio gesaimasta«, Johanna und Frau Tanaka verbeugten sich voreinander.

Isabell wies auf das Esszimmer, in dem ein flacher Tisch stand, mit einem Heizgerät darunter und einer Decke, unter die jeder in den kalten Monaten die Beine steckte, aber Frau Tanaka meinte wohl, man könne sich auch informell an den westlichen Küchentisch setzen.

Isabell stellte einen Teekessel auf den Gasherd und ein Glas Nescafé auf den Tisch.

Als alle drei eine dampfende Tasse vor sich hatten – es war schon November, durch die Ritzen der klapprigen Küchenfenster zog der Wind und auch die dünnen Wände des Holzhauses hielten die Kälte von außen nicht ab –, trug Frau Tanaka ihr Anliegen vor. Isabell nickte immer wieder verständnisvoll und sagte nur zwischendurch an Johanna gewandt: »Der Kuchen ist übrigens für dich.«

»Aligato gesaimasta«, sagte Johanna und verbeugte sich wieder vor Frau Tanaka. Vielleicht kamen so wenige Ausländer in die kleine Stadt, in der Zwiebel- und Rettichfelder mitten im Zentrum lagen, dass man diese einzeln begrüßte, mutmaßte Johanna. Wie aufmerksam.

Johanna nippte an ihrer Kaffeetasse, als Isabell sich ihr zuwandte, während Frau Tanaka sie gespannt ansah.

»Also es ist so«, sagte Isabell nach einer Weile und verzog keine Miene, »Frau Tanaka ist als Heiratsvermittlerin in der kleinen Stadt tätig und ein

Fall liegt besonders schwierig.« Isabell zerteilte den Kuchen und legte jeder ein Stück auf den Teller, bevor sie fortfuhr: »Einer der Assistenzlehrer aus dem Kendounterricht hat in seinem Bewerbungbogen angegeben, dass seine zukünftige Frau Englisch sprechen sollte. Er hat vier Jahre für seine Firma in Chicago gearbeitet und will nun eine Frau, mit der er verreisen kann. Dazu müsste sie Englisch sprechen können. Da es aber in der kleinen Stadt keine unverheiratete Frau gibt, die Englisch spricht, ist ihr der Gedanke gekommen, dass du die geeignete Kandidatin sein könntest.«

Johanna griff sich unwillkürlich an den Hals. »Das ist ja wohl ein Scherz.«

»Nein, überhaupt nicht«, fuhr Isabell ungerührt fort. »Du bist doch unverheiratet, oder etwa nicht?«

Johanna legte das Kuchenstück, das sie abgebrochen hatte und gerade in den Mund stecken wollte, wieder zurück auf den Teller. Es war ein einfacher Rührkuchen mit einer Zuckergussschicht.

»Das schon, aber wer hat gesagt, dass ich daran etwas ändern möchte?«

»Du könntest ihn dir wenigstens einmal ansehen, das heißt ja nicht, dass du ihn dann auch nehmen musst.«

Johanna versuchte sich an die Assistenzlehrer zu erinnern.

»Welcher war es denn?«, fragte sie.

»Der in der Mitte«, antwortete Isabell.

Es machte eigentlich keinen Unterschied, da alle drei Assistenzlehrer bis zum Hals in einer Rüstung gesteckt hatten und einen Helm aus Stahlnetz auf dem Kopf trugen, um von den Schlägen der Kinder nicht verletzt zu werden.

Isabell holte eine Tageszeitung und blätterte darin. Dann zeigte sie auf einen Japaner in schwarzem Anzug. »Guck, es ist ungefähr dieser Typ.«

Frau Tanaka nickte zustimmend.

»Ich sehe ihn manchmal morgens in der Bahn nach Kohoku«, meinte Isabell. »Er ist ein bisschen ruhig, aber sonst ganz nett.«

»Toll«, sagte Johanna.

»In Japan werden immer noch sehr viele Ehen auf diese Weise geschlossen. Statistisch gesehen, ist die Erfolgsrate um einiges höher als bei Liebesheiraten«, erklärte Isabell beflissen. »Man sagt hier, je stärker das Feuer am Anfang, umso schneller sei es verbrannt.«

Sie übersetzte Frau Tanaka wohl, was sie gerade gesagt hatte. Diese konnte das offensichtlich nur bestätigen. »Hai, hai.«

Johanna räusperte sich. Sie versuchte Frau Tanaka höflich anzulächeln und sagte zu Isabell: »Könntest du ihr bitte sagen, dass ich zurzeit gar keinen Mann suche und dass ich ihn mir dann auch lieber selber aussuchen würde?«

»Aber das kannst du doch«, rief Isabell erleichtert. »Frau Tanaka schlägt vor, dass du zu einem großen Kendoturnier in zwei Wochen kommst. Dann würdest du einmal sehen, wie er kämpft, und könntest dich hinterher mit ihm in Ruhe unterhalten.«

Frau Tanaka lächelte beruhigend, als wollte sie sagen, ja, so ist es uns allen einmal gegangen.

Johanna entschuldigte sich kurz bei den Frauen und lief über eine Holzbrücke in den mittleren Gebäudeteil, sie schob die Papiertüre zur Seite und wühlte in ihrem Reisegepäck. Erleichtert seufzte sie auf, als sie zwischen alten Fahrkarten und Stadtplänen den länglichen Zettel wiederfand. Den hatte ihr vor drei Tagen ein Mönch in dem taoistischen Tempel von Hagi gegeben, wo man sein Schicksal erfragen konnte. Man schüttelte dazu zunächst eine längliche Holzdose, bis einer der Holzstäbe, die sich darin befanden, durch ein Loch an der Unterseite der Dose herausfiel. Die Holzstäbe waren mit Nummern versehen. Johanna hatte die Nummer 3 gezogen. Der Schicksalsmönch hatte ihr die der Nummer entsprechende Botschaft herausgesucht und mit bedauerndem Gesicht über die Holztheke gereicht.

Johanna lief zurück in die Küche und reichte Isabell den Zettel. Diese überflog ihn, drehte ihn um, weil auf der Rückseite die japanische Übersetzung stand, und reichte ihn wortlos an Frau Tanaka weiter.

Auch Frau Tanaka las den Zettel und stieß einen langgezogenen Ton aus.

»Ooohhhh« – dann zog sie die Luft scharf ein und hielt die Hand vor den Mund. Sie schaute Johanna mitfühlend an und schüttelte immer wieder bekümmert den Kopf.

Not so good fortune
stand auf dem Zettel.
Although you are an upright person
everything does not go your way.
The person you await: will be late
Letter you wait for: will not come
Love/marriage: In the beginning
things will go badly.

Frau Tanaka stand auf und tätschelte Johanna mitfühlend die Wange und verbeugte sich mehrmals. Dann verließ sie das Haus auf dem kürzesten Weg durch die Küchentür.

Jeanette Randerath

LOVE
U
JOSH

OLYMPE DE GOUGES

Flugblatt »Die drei Urnen« vom 23. Juli 1793

(...)

Die Franzosen können nicht mehr zurückweichen. Der Tag, sich zu erklären, ist gekommen, der Tag, eine unverdorbene und durch die Strenge der Gesetze starke Regierung einzusetzen. Der Tag ist gekommen, den Morden und Hinrichtungen ein Ende zu setzen, die alleine aus dem Gegensatz der Meinungen resultieren ... Die Mehrheit soll gewinnen. Es ist Zeit, dass der Tod eine Erholungspause nimmt und dass die Anarchie zurück zur Hölle geht.

Der Konvent ... schlägt zuerst im Namen der Menschlichkeit eine Waffenruhe der Rebellen und ebenso der Ausländer für einen vollen Monat vor, um der ganzen Nation Zeit zu geben, über die Gestalt der drei Regierungsformen zu entscheiden, die sie entzweien. ... Drei Urnen sollen auf den Tisch des Präsidenten der Versammlung gestellt werden, von denen jede eine dieser Aufschriften trägt: Republikanische Regierung, eins und unteilbar; Föderative Regierung; Monarchische Regierung.

Der Präsident soll im Namen des gefährdeten Vaterlandes die freie und individuelle Wahl einer der drei Regierungsformen erklären. Jeder Stimmberechtigte soll drei Scheine in seine Hand bekommen, auf einen der drei soll eine Wahl geschrieben werden. ... Er wird in jede Urne ihren Schein werfen. Die Regierungsform, die die Mehrheit der Stimmen erhalten wird, wird mit einem feierlichen und allseitigen Eid, sie zu respektieren, eingeleitet werden, und dieser Schwur auf die Urne soll von jedem Bürger einzeln wiederholt werden ... Die Rebellen werden sich zerstreuen, die feindlichen Kräfte werden den Frieden verlangen und die Welt, von der Bewunderung umso überraschter, als sie lange Zeit auf die Zwistigkeiten Frankreichs aufmerksam gewesen ist, wird ausrufen: »Die Franzosen sind unbesiegbar!«

Olympe de Gouges wird während des Plakatierens ihres Flugblattes in Paris verhaftet. »Die drei Urnen« sowie einige ihrer älteren Flugschriften werden als aufrührerisch gewertet. Ihr wird vorgeworfen, sie habe mit ihrer Schrift versucht, die aktuelle Regierung auszuhebeln. Am 3. November 1793 wird sie öffentlich guillotiniert.

02373138
P5W8XWB
code for mailbox
fondamenta del
Gafaro

DEUTSCHE VITAMINKOST

Axtbaum-Apfel in Asphalt
Birne im Bundestags-Schlafrock
Chinakohl »Chemikolon«
Dörrdatteln in deutschnationaler Donnerbüchse
Erbswurst an Eberkoben
Fruchtmix, fienerbegleitend
Grünkohl à la Güllefonds
Hickhack, halbgargeprüft
Immerblubbersalat in internationaler Idiotie-Verätzung
Johannisbeeren, januarzerknautscht
Kürbisbockschuss mit Kalbskopfwirrkraut
Lockkörner für Lügehenne (lobbygestopft)
Murjsmus, milliardengepudert
Nicknasenbouillon »Noface«
Ogottogott als Omnipräsent
Pannenragout in pinkpraller Polytinktur
Quatschsauce (quasi querfälltaus)
Rettichmichnichwersich?!
Saubermannspinat, schwarzrotgoldbraun
Tränendrüsenauflauf an Trockzitronen
Urgemütliches Ungemachsoufflé
Vereinswackelpudding hinter Vanilleschotenzaun
Wagenhochrüsten mit Regenwaldpüree
Xenophobische Ohrstöpsel in opaker Blaubohnentunke
Ypsilon-X-Salat in Ganztagsschul-Dressing
Zurschaustellparfait mit Eichenlaubraspeln

Doris Günther

Vergangene
erzähle
aber
Künftige
Zeit
Idee
ist
15
15) Friedrich Wolfram Heubach: «Zie
dungen»
Offset, Nr. 11 der Originalgrafik-Serie 1 (Köln)
Edition Tangente
(gelb-schwarz; Verbindungen ausgeführt: vorm Dom er-
scheint im Umriß die makabre Hinrichtungsszene, die
durch ein Zeitungsfoto aus Saigon bekannt geworden ist.
— Vostell hat dies Foto 1968 in seinem Druck «Miss

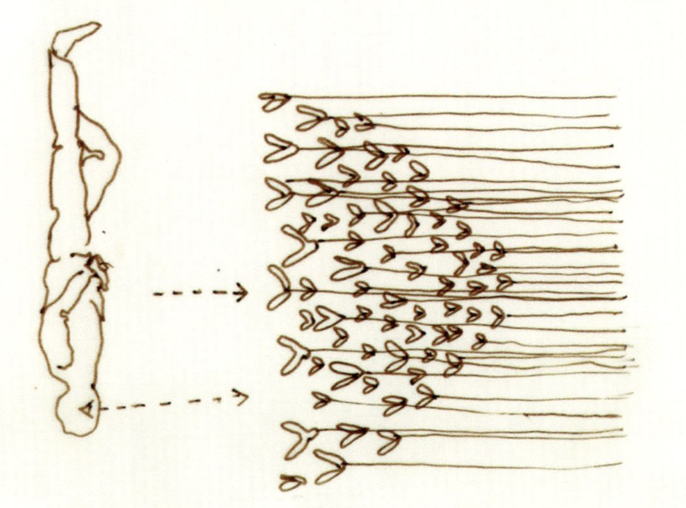

»Ich brauche keine Zettel
oder ein Notizbuch,
Ideen sind etwas sehr Seltenes.«

Albert Einstein, Physiker 1879–1955

DAS WORT »ZETTEL« EINMAL VERWENDEN

Als ich beim Gemüsehändler endlich an der Reihe war, fand ich die Liste nicht mehr, die meine Mutter so sorgfältig geschrieben hatte.

Er sah mich mit fragendem Blick an,

und ich improvisierte:

»Haben Sie Papayas?«, fragte ich unbedarft.

»Wozu?«, fragte er zurück.

»Wir haben einen Cousin meines Vaters zu Besuch, und er kommt aus Papua-Neuguinea. Dahin ist er ausgewandert. Ich glaube, da essen sie so was.«

»Nee. Das sind Menschenfresser. Du gehst besser zum Metzger.«

Ich war meistens der Empfänger der Einkaufszettel meiner Mutter.

Einerseits freute ich mich über diesen Vertrauensbeweis,

andererseits hasste ich es, Botengänger zu sein.

Auch hatte ich eigene Wünsche, die nicht auf der Liste standen.

An diesem grauen Morgen hatte ich überhaupt keine Lust, zum Edeka-Markt zu gehen.

Dann verpasste ich auch noch die Bahn.

Ich kaufte schließlich, was ich sonst auch immer kaufte. Keine Reklamationen!

»Wo ist die Schublade mit den Quittungszetteln abgeblieben?«, fragte Onkel Horst.

Er war unabdingbar für den Einkauf.

Immer dann, wenn der monatliche Kassensturz für das Haushaltsgeld anstand,

holte mein Vater die alte Rechenmaschine mit der Kurbel und der Papierrolle aus dem verschlossenen Schrank in seinem Arbeitszimmer.

Er ließ die Rollläden halb herunter

und überließ sich dann dem Klang des altertümlichen Geräts. Schwer zu sagen, ob er wirklich rechnete.

Onkel Horst hatte deshalb die Sache an sich genommen.

Er wiegte ununterbrochen den Oberkörper hin und her und zählte dabei mehrfach bis hundert.

Mit der Pinzette ließ der König seine grauen Haare ausrupfen.

Das Volk durfte dabei zusehen.

Einer, ein hochgewachsener Mann, notierte den Vorgang auf einem Zettel in Form einer Strichliste.

Die Härchen wurden in einer Kiste mit Samtfutter verwahrt.

Das goldene Königssiegel auf dem Deckel stellte sicher, dass keiner sie unbefugt öffnen würde.

Nur der Friseur des Königs durfte sich ab und zu einen Überblick über den Fortschritt des Alterns verschaffen.

Er berichtete dem Monarchen das Ergebnis und wurde am selben Abend vergiftet.

Dass die Tiere nicht gefüttert werden durften, war überall zu lesen.

Die Besucher des Parks nahmen ihre mitgebrachten Tüten mit altem Brot wieder mit zum Ausgang.

Marco, der die Mülleimer leerte, fragte meine Mama eines Tages, wohin sie das Rezept für Serviettenknödel gesteckt hatte.

»Warum willst du das wissen?«, fragte sie gereizt.

»Nur so«, antwortete Marco.

Er hatte ein ganz besonderes Tier im Auge und suchte den Zettel,

auf dem er gelesen hatte, dass Zubereitungen mit trockenem Weizenbrot das Überleben dieses papierweißen Geschöpfs sichern würden.

Günther Kniesel war im Viertel für seinen 5-Uhr-Auftritt bekannt.

Manche kamen von außerhalb, um ihn zu sehen, und erfanden dafür irgendeinen Vorwand.

Der Parkplatz um das kleine Plätzchen war schon um halb fünf rammelvoll.

Und in der Kneipe stand bereits eine Menschentraube vor der Tür zum Hinterzimmer.

Mit jeder Minute weiteren Wartens wurde die Menge ungeduldiger.

Dann schrien sie, zuerst zögernd und vereinzelt, dann alle: »Günther! Jetzt zeig uns den Zettel!«

Es war wie immer.

Oft steckte an der Hausklingel
ein kleiner Zettel.

»Bin gleich zurück« stand
darauf oder »Geh rüber zu
Tante Mia zum Essen«.

Ich wusste aber, dass sie sich
im Schlafzimmer versteckte.

Also ging ich ums Haus,

setzte mich unter ihr
Fenster und wartete.

Meistens spielte sie ein
Lied auf ihrer Melodika.

Aus dem Kamin sah ich
Rauchzeichen aufsteigen.

An meiner Großtante schätzte ich ihre Sammlung
mit Einmachgläsern, in denen sie Knöpfe sammelte.

Wenn wir uns auf dem Schulhof geprügelt haben
und mein Hemd aufgerissen wurde, konnte sie es
so reparieren, dass meine Mutter nichts merkte.

Dann klebte ich ihr aus Dank einen Knopf, von
denen ich immer welche auf der Straße fand, auf
einen Zettel, malte ein Herz darum und warf ihn ihr
in den Briefkasten.

Später begriff ich, wie sich die Gläser füllten.

Wer, fragte ich mich, liegt dort am helllichten Tag auf den Knien auf dem Bürgersteig, den Oberkörper nach vorn gebeugt?!

Es war der Oberlehrer Buchwald, den ich seit meiner Grundschulzeit nicht mehr gesehen hatte.

Eigentlich wunderte es mich nicht, dass er jetzt mit Tafelkreide auf Straßenpflaster malte.

Als ich den Donner hörte, erinnerte ich mich daran, wie ich mir damals gewünscht hatte, dass seine Gleichungen an der Tafel einfach weggewischt würden.

Erst wollte ich weitergehen und so tun, als hätte ich ihn nicht erkannt, aber dann wollte ich doch die Gelegenheit nutzen, ihm endlich einen Denkzettel zu verpassen.

Ich schlich mich also von hinten an, verdeckte mit den Händen seine Augen und flüsterte ihm mit singender Stimme ins Ohr: »Wer bin ich?«

Mein Großvater erlitt in seinem 83. Lebensjahr einen Schlaganfall vor dem Fernseher.

Lag es an dem geöffneten Fenster, durch das der Wind die Zeitung aufgeschlagen hatte?

Das Provinzblättchen lag aufgeblättert im Zimmer verstreut. Mein Opa aber hielt einen Zettel in den Händen.

Die Lottozahlen, dachte ich sofort, aber er hatte keine Zahlen notiert.

Das Blatt sah von Weitem aus wie eine Urkunde. In der rechten Ecke war ein Stempel zu erkennen.

Ein blasser, leicht verwischter Totenkopf.

Guten Tag!
Für Ihre Notizen
DAG
O-Saft

WÖRTERLISTEN

5.1 Orte allgemein

5.1.2 Kart. F. Erlenhof, Hamfeld. Hof Vollm., Waldorfsalat, Doerfer u. Flecken, Ruppin, Crema die Jogh. Kaff., Denree Daily-Kaff, Prodomo Kaff, Mount Hagen Kaff, Nudel Nester, Bu. Bunte Nester, Beaujol. Villages

5.1.3 Koerner Eck, Pumpernickel Eck, Schmelzk. Eck, Ecke des Monats, Kornecken, Roestiecken, Batterien E Block, Huettenkarree, Gurkenviertel, Pure Zone Ges. Was., 1.Kl. Großbereich/2 Ringe

5.9 Gewässer, Meer

5.9.2 Atlantik Lachs, Rhinospray Atlantik, Pumps, K. Eismeer-Shrimps, Nordmeerkrabben, Nordseekrabben, Pacific Crest, Pacific Prawns, Pacific Rose, Pazific Krabben, Apfel Pazifik, Tafelmeer, Totes Meer, Schaeben's Totes Meer, Platte Adria, Abt. Nachtruhe Kap, Goede Kap 2000, Goede Kap Red Late, Nescafe Capp

7 Mensch, Figur

7.3.2 Casanova, Gentle Man, Magic Man, Joghurt Van. Man., Cru Bourgeois, Bohemian, Filou Rouge, Vanille Traum Er, Mr. Choc Caramel, Mr. Proper, Mr. Rumpsteak, Mr. Wash, Meister Proper, Pasta Mista, Perlweiss Raucher, Federweisser, Duftsäckchen, Sonnigel, Dinkel-Poppers, Super Twister, Magnum Double

7.3.15 Milchmädchen, Madel Longue, Madel M. Rosinen, Butter Madel Rosinen, Butter Madel Ros., Sun Maid, Gourmet Perle, Strothm. Reine, Nivea Vis Sanfte, Schokoladene, Die Leichte, Die Weisse, Schoko Weisse, Belle Blanche, Klosterfrau M. Geist

12.14 Humor, Kas. Minuten-Lach, Raeucherlach, Kabeljau+Seelach, Lachgummi, Nimm 2 Lachg., Nimm 2 Lachgummi, Lachschinauf, Kaiserschote, Salzburger Scherzl, Hertslet, Treppenwitz, Gute Laune Tee, Party Spass, Knister Spass, Ostermalspass, Kleine Rätselspass, Schule & Spass, Lin. Winter Spass

13.4 Gefängnis, Nivea Straf. Lo. Q 10, Einloch Tragarm, Haftgitter, Haftnotizen, Haftnotizze, Haftpulver, Kukident Haftcreme, Super Haftcreme, Post-it Haftnotiz, Superhaftwickler, Schwerer Strick, Kugelketten Rot, Eier Käfigh.

10er, Lithiumzelle, Zellglasbeutel, Zellwatte, Flensburger Frei

23.11 Kernig, männlich, rustikal

23.11.1 Lakritz Batzen, Sonnenbatzen, Gruenkohl Grob, Gutsleberw. Grob, Katenkrone Grob, Katenkrone SB Grob, Leberwurst Grob, Herbe Rahm, Herbe Sahne, Herbe Vielfalt, De.Beuk.Mikado Herb, Lindor Tafel Herb, Amer. Gebäck, Amer Sand, Kernschinken, Echte Kernig, Hobbits Kernig, Kernige Flocken, Koellns Kernige, Brot unser Kerniges, Krustenbrot, Roggenkruste, Nussbeisser, Rustica Chips, Wasa Rustika, Rustikal, Rustikal Knaecke, Wasa Rustikal, Panini Rustico

25.2 Anruf, Zuruf, Pesto alla Geno, Pesto alla Genovese, Kuerbis Suess Sa, Mon Cheri, Birnensaft Dir, Du. Feuchte Waschla, Du. Partyglas, Du. Tassen-Unterset, Chen.Du Huhn, Palm. Dugel Aromath, Nivea Sh/Du. Kinder, Ju. Apfels.Trueb, IQ 4 You M. Kohl, Feodora For You, Nivea for me, American Spirit Me, Vitess Toi. Papier Recycl

26.3 Infinitiv, Erden, Gurken, Kapern, Klingen, Leisten, Leuchten, Linsen, Printen, Rumkugeln, Semmeln, Stopfen, Umketteln, Baden M.-Th., Baden QBA, Erben Weissherbst, Husten Lindi, Kapern Calabrese, Kapern (Ries), Orten Riesl., Ruegen Sah Ca, Speisen offen, Werken+Bastel

26.4.3. Durex Come 2 Gether, Pritt Correct-It, Flinka Clean+Fun, Aloe V. Drink, A. Vera Drink, Müller Drink, Orange Drink, Albi Drink Gold, Albi Drink Rot, As Drink Erd, Jo. Drink Beerenm., Jo. Drink Erd. Or., Sylvetta Dry Citro, Expr. Finish, Chicogo Last. Finish, Last. Finish. Lips, Apfel Kirsch Get, Olivenöl »Go«, Preiselbeeren »Go«, Aus. Schleife 3 Go, Schuele Go Cr, Poly Live, Poly Live So, I Love Milka, I Love Milka Herz, True Illusion Make, P2 Make Up Soft, Schaeben's Peel Off, Windeln Play, NL Polish, A. Mand. Print, Whiskas 425 ml Put, Eye Makeup Remove

26.6.4 Mach 3 Klingen, Mach Mit 2 Lg, Mach Mit 3 Lg 8x200, Mach Mit Kotu 100 E, Mach Mit Tatu 100 E, Mach Mit Tatu 15x10, Mach Mit Topa 15x10, Mach Mit Topa 3 Tg, Mark. Allgebr., Mess. Brennesseltee, Mess. China Greent, Mess. China Tee, Mess. Earl Grey, Mess. Gruener Tee M, Mess. Klassiktee, Muell Di-Mire, Nimm 2, Nimm 2 Beutel, Nimm 2 Bonbon, Nimm 2 – Lg, Nimm 2 Lachg., Nimm 2 Lachgummi, Nimm 2 Minis O.Z., Huehner Nudelt, Penne, Pflanz. Marg., Prob. Dessert, Prob. Dessert-Trüffel, Prob. Drink, Prob. Milchdess., ...

25.11 Empörung, Augustiner E, Han Frubuttermilch E, Lindor Liliput E, Prob.Michdess E, Schlemmermilch E, Vollmundig und E, Zink + Vit E, Paprika Eh, Rosmarispentom. Eh, Mini Aromatom Eh, Ohne Gleichen Eh, Romana Herzen Eh, Spargel Gruen Eh, Wuerstchen in Eh, Oe. Sah Griess, Hoe Sambal Oe

K
T
E
S
Motten-Mittel
Globol
A. Paust

TOTENZETTEL

Wer »Totenzettel« googelt, stößt auf Unmengen digitalisierter Sammlungen, Millionen von Totenzetteln, die online zur Verfügung stehen. Das Feld wird vor allem von Hobbysammlern beackert, die im Netz mit unglaublicher Akribie und Zuwendung zum Gegenstand sammeln und dokumentieren.

Totenzettel sind zunächst Kriegsdokumente; 1870/71 entstanden sie als Sterbemitteilungen, Sterbebelege, als Nachrichten vom Tod derjenigen, die in der Ferne gestorben waren. Sie sind mehr als Papier, sie sind eine Art von Trauerort, ein Mittel, mit dem der Tod belegt und nachvollzogen wird. In ihrer Zettelkompetenz gehen sie über den Mitteilungscharakter hinaus. Sie sind ein Versuch, den Transfer vom Leben zum Tod greifbar zu machen. Es sind sozusagen »letzte Nachrichten« an das Leben.

Bei der Vorbereitung einer Ausstellung zum Ersten Weltkrieg, »Träume vom Frieden – Krieg und Utopie«, spielten Totenzettel von 1914–18 als Korrespondenz von Alltag – Krieg – Tod eine Rolle. Optisch scheint sich der zunehmende Kriegsschrecken nicht auf den Zetteln niederzuschlagen, der Aufbau verändert sich kaum. Anfangs sind es ja nur wenige, dann werden es immer mehr, und es lässt sich eine Entwicklung ausmachen. Zu Beginn des Krieges werden noch (heroische) Einzelschicksale auf den Totenzetteln erzählt, bis sich die Biografien mehr und mehr überschneiden, die Todesorte und -arten sich wiederholen.

Merklich versagt die Sprache beim Ausdruck von Trauer, bis schließlich sinnentleerte Phrasen eingesetzt werden. Besonders gern wurden zum Beispiel lobende Äußerungen des Kompanieleiters in der Todesnachricht zitiert – das Bedauern des Verlustes dieses besonders guten Soldaten. Diese Zitate fungieren als Stellvertreter für Traueräußerungen, die ihr Potenzial an Traurigkeit verloren haben. Gleichwohl zeigt die Menge der erhaltenen Totenzettel, dass sie trotz sprachlicher Mängel nicht überflüssig wurden.

Es ist ein großes und spannendes Gebiet, die Totenzettel sind bisher noch kaum ›gelesen‹ worden, und es wäre interessant, daran anzuknüpfen.

Jasmin Grande

Jesus! Maria! Josef! Antonius!

Zum frommen Andenken
an den **Sanitätsunteroffizier**

Wilhelm Behrends

beim I. Bataillon des Inf.-Regts. Nr. 56, welcher am 3. August 1916 den Heldentod fürs Vaterland fand.

Der Gefallene war geboren am 22. Dezember 1892 in M. Gladbach. Bei Ausbruch des Krieges genügte er seit zwei Jahren seiner aktiven Militärpflicht und hat seitdem ununterbrochen vor dem Feinde gestanden. Für seine Tapferkeit und seine hervorragenden Leistungen wurde er mit dem Eisernen Kreuz II. Klasse ausgezeichnet. Am 3. August fiel er in treuer Pflichterfüllung in den Kämpfen vor Verdun durch ein feindliches Infanteriegeschoß.

Seine tiefbetrübten Eltern, seine beiden Brüder sowie die übrigen Anverwandten empfehlen seine liebe Seele dem hl. Opfer der Priester, damit sie

ruhe in Frieden!

Jesus! Maria! Josef! St. Andreas!

Zur christlichen Erinnerung

an den am 29. Juni 1917 vor Verdun im Kampfe fürs Vaterland gefallenen

Hans Butterbrodt

Reservist im Infl.-Regt. Steinmetz Nr. 37
Inhaber des Eisernen Kreuzes

Der teure Verstorbene war geboren am 23. März 1892 zu Düsseldorf. Mit seinem Bruder Julius, der am 29. April 1915 den Heldentod erlitt, verband ihn echt brüderliche Liebe. Von Jugend auf christlich erzogen, erfüllte er zeitlebens gewissenhaft seine religiösen Pflichten. Er zeichnete sich stets aus durch kindliche Liebe und Anhänglichkeit zu seinen Eltern und Geschwistern. Seit 1912 war er Soldat und diente seinem Vaterland mit Leib und Seele. Er war seinen Kameraden ein treuer Freund, in Allem ein Vorbild eiserner Pflichterfüllung und beliebt bei seinen Vorgesetzten.

Seine liebe Seele empfehlen die tiefbetrübten Eltern, die Geschwister und die übrigen Anverwandten dem hl. Opfer der Priester und dem frommen Gebete der Gläubigen, damit sie um so eher

ruhe im ewigen Frieden!

Jesus! Maria! Joseph! St. Elisabeth!

Ferne von seinen Lieben starb den Heldentod fürs Vaterland am 21. August 1917

der Matrosen-Artillerist

Hubert Köster

im blühenden Alter von 22 Jahren.

Die trauernden Angehörigen empfehlen seine Seele dem Opfer der Priester und dem Gebete der Gläubigen, damit sie

ruhe in Frieden.

Ach, es ist doch kaum zu fassen,
Daß du nimmer kehrst zurück,
So jung mußtest du dein Leben lassen,
Zerstört ist unser aller Glück.
Magst du auch im fremden Boden
Einsam eingebettet sein,
Auch die fern begrabnen Toten
Schließt die Liebe Gottes ein.
Was uns die Welt auch bieten mag
Mit allen ihren Schätzen,
Ein so liebes, gutes Herz
Kann niemand mehr ersetzen.

Gesellsch. f. Buchdruckerei u. Verl. Düsseldorf m.b.H.

KÖLNER CAFÉ-GESPRÄCH

Es ist Januar. Zwei Frauen, etwa Mitte siebzig, lassen sich auf Stühle fallen, die über Eck stehen. Die Damen tragen ähnliche Pullover. Eine der beiden, nennen wir sie A, spricht ununterbrochen, während die andere, nennen wir sie B, sehr wenig sagt.

A: Guck mal, mein neues Etui *(Sie zeigt auf ein mit rotem Samt bezogenes Brillenetui)*. Ist von vor den Tagen. Da hab' ich nur gute Griffe gemacht. Was die schon alles 'runtergesetzt hatten ... *(sie streichelt das Etui)*.
(Die Kellnerin kommt. A bestellt zwei Mal Würstchen mit Kartoffelsalat.)
A: Mal sehen, ob das hier eine gute Empfehlung war. Kennt ja keiner, das Café.
(Die Würstchen werden gebracht. Sie beginnen zu essen.)
A: Ich hasse diese Senfe.
B: Was hasst Du?
A: Diese Senfe! Ich hasse sie!
B: Was?
A: Diese Sen-fe, S-e-n-f-e, diesen Senf, diese Verpackung hier!
(A zieht das Päckchen durch die aufeinandergepressten Zähne. Senf quillt durch ihre Finger, noch bevor sie das Tütchen ablegen kann. Sie greift nach einer Papierserviette.)
A: Typisch! Hier! Wieder so'n Blättchen statt einer Serviette. Da kann ich mir ja gleich den Kassenzettel nehmen und mir den Mund damit abwischen.
(Die beiden Damen haben fertig gegessen.)
A: Also die Würstchen waren eine gute Empfehlung. Genauso gut wie die vom Kaufland, mindestens.
B: Von wo?
A: Vom Kaufland! K-a-u-f-l-a-n-d! Kennst Du doch, da, wo wir sonst die Würstchen holen. Heiligabend. Da hatten wir die doch. Und auch den Kartoffelsalat. Lecker. Und die Servietten, mit goldenen Bäumen drauf. So stabil. Konntest du nachher noch zum Wischen nehmen. Das schönste Geschenk, muss ich sagen, waren dies' Jahr die Windlichter mit Vanillegeschmack, ach -geruch, meine ich.
(Eine Pause entsteht)
A: Sollen wir noch ein Petit Four essen?
B: Was?
A: Pe-tit-Four!
B: Nein, ist mir zu viel.
A: Na' dann nicht. Sag' mal, hast Du eigentlich den kleinen MILKA-Baum gesehen, aus Metall, mit ein paar Dragees drin, den uns die Mara geschenkt hat? Bisschen geizig, bei dem Haus was die hat. Ist ja eine Villa, was die haben.
(B schweigt und nickt.)
A: Also ich komme nicht über die Blättchen hier. So ein feines Café und dann können die sich nur so Zettelchen leisten.
B: Nun hör 'mal auf damit.

Marie-Luise Wolff

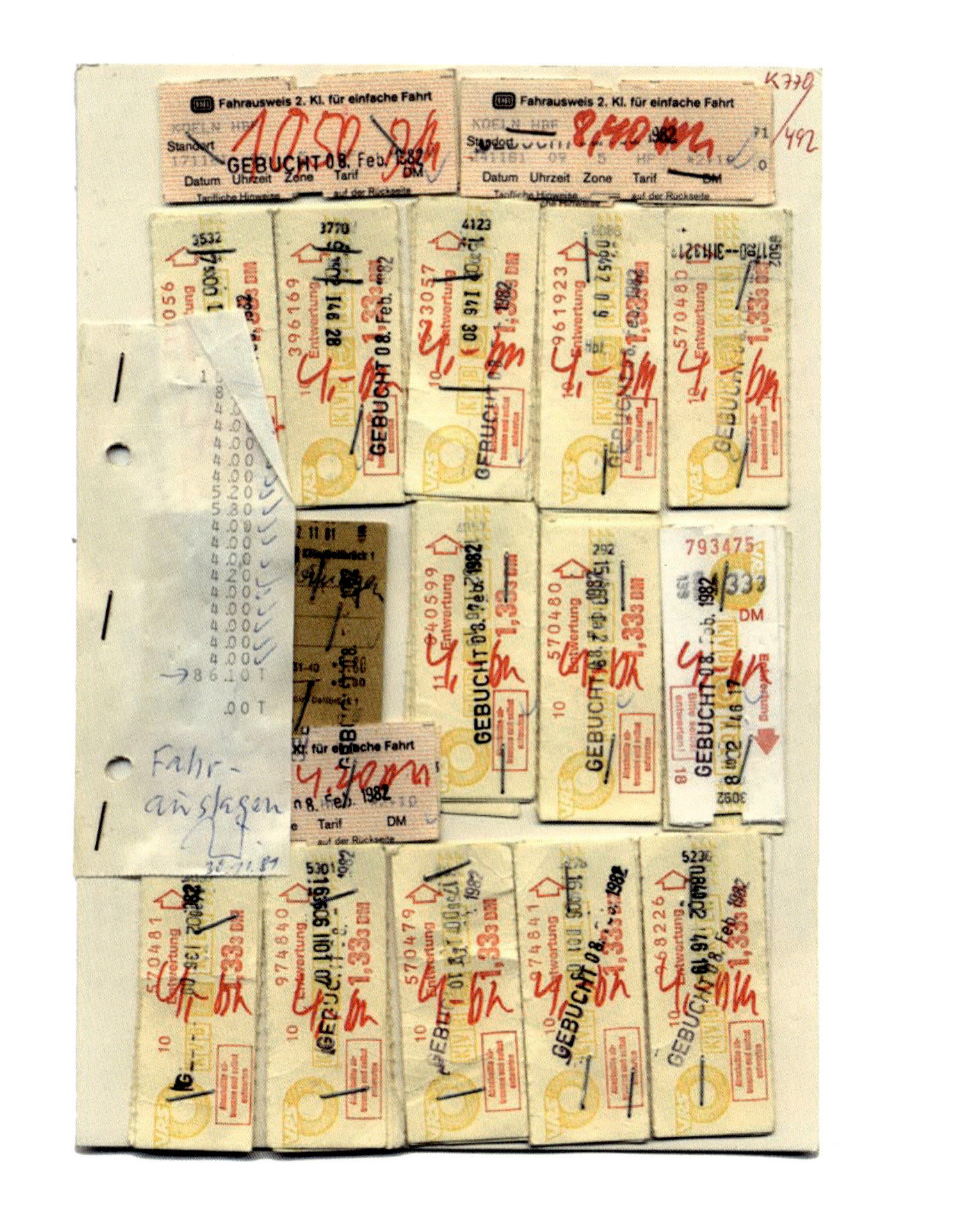

K770/492
Fahrausweis 2. Kl. für einfache Fahrt
Fahrausweis 2. Kl. für einfache Fahrt
GEBUCHT 08. Feb. 1982
Datum Uhrzeit Zone Tarif DM
Entwertung
Fahr-
auslagen

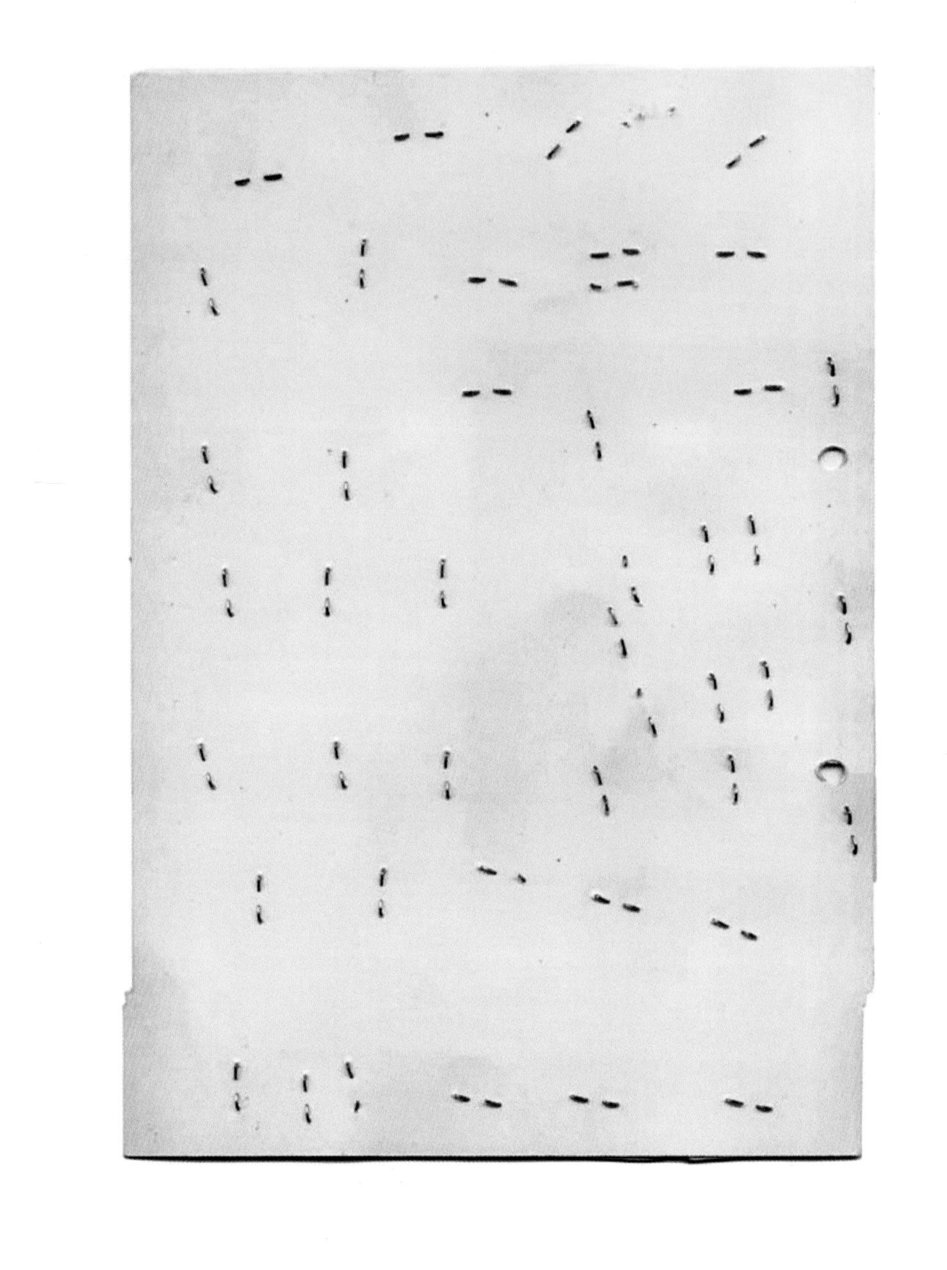

AN DER GRENZE

Anna konnte die Augen kaum noch offen halten, als sie am späten Vormittag die Schweizer Grenze Richtung Basel passierte; sie war die ganze Nacht durchgefahren. Der weiße Mittelstreifen hatte sich während der letzten Stunden in ihrem Kopf als nicht enden wollendes Muster festgesetzt, weiß-schwarz, weiß-schwarz, weiß-schwarz. Oder umgekehrt, wie die Kippbilder, die man aus zweierlei Perspektive betrachten konnte: der Kelch oder zwei Gesichter. Alles ist in gewisser Weise eine Frage der Perspektive, dachte Anna. Was sollte sie mit einem Kind von einem verheirateten Mann, der sich nie würde scheiden lassen? War das eine Katastrophe oder eine Chance?

Der Schweizer Grenzbeamte klopfte an das Fenster. Anna brauchte einen Moment, bevor sie die Scheibe herunterkurbelte, sie war völlig übermüdet.

»Gruezi, die Papiere bitte!« Der Mann musterte sie misstrauisch, fast ein bisschen besorgt. Er war um die vierzig, hatte braune Knopfaugen und ein freundlich-biederes Gesicht. Anna langte fahrig nach ihrer Handtasche, die auf dem Beifahrersitz lag, und wühlte nach ihren Papieren. Dabei spürte sie, wie sich ihr Hals zuzog. Der Grenzbeamte beugte sich tief ins Fenster hinein.

»Ist alles in Ordnung bei Ihnen?« Sein Dialekt rief Erinnerungen in ihr wach von gestärkter Bettwäsche und duftenden Semmeln. Auf den Wiesenhängen leuchteten Bergnelken und Enziane. Anna lag ausgestreckt da und schaute in den weiten Himmel, während ein fernes Läuten durch die klare, kühle Sommerluft drang.

Sie reichte dem Mann Ausweis und Fahrzeugschein. Als er die Papiere auseinanderklappte, fielen ein paar Zettel auf den Asphalt: ein Abholschein für die Reinigung, zwei Kinokarten, eine flüchtig hingekritzelte Telefonnummer, ein Abriss-Kalenderblatt und das Passfoto eines unscheinbaren Mannes.

»Albernes Zettelzüg!«, der Grenzbeamte schüttelte seufzend den Kopf, reichte Anna nach kurzer Durchsicht die Dokumente zurück und wollte gerade die verstreuten Zettel vom Boden aufheben, da stob ein heftiger Windstoß sie auseinander. Die Papierchen wirbelten durch die Luft.

Anna wartete nicht ab, sondern fuhr los. Im Rückspiegel sah sie, wie ihr der Grenzbeamte fassungslos nachstarrte und langsam, fast wie in Zeitlupe, einen Zettel aufhob. Sie wusste genau, was auf dem Zettel stand. Es war das Kalenderblatt vom 26. Juni 1966: »Wer behauptet, Sonnenbaden steigere das Wohlbefinden, irrt – es ist eine Folge der Luftwärme.« Die Außentemperatur betrug an diesem Tag um 11.47 Uhr bereits 27 Grad Celsius. Seit gestern durften im Schweizer Halbkanton Basel-Stadt die Frauen wählen gehen.

Als Anna vier Stunden später auf den Lago Maggiore schaute, hatte sie sich entschieden. Ein Kind hatte sie bereits verloren. Dieses sollte eine Chance haben.

Ulrike Zeidler

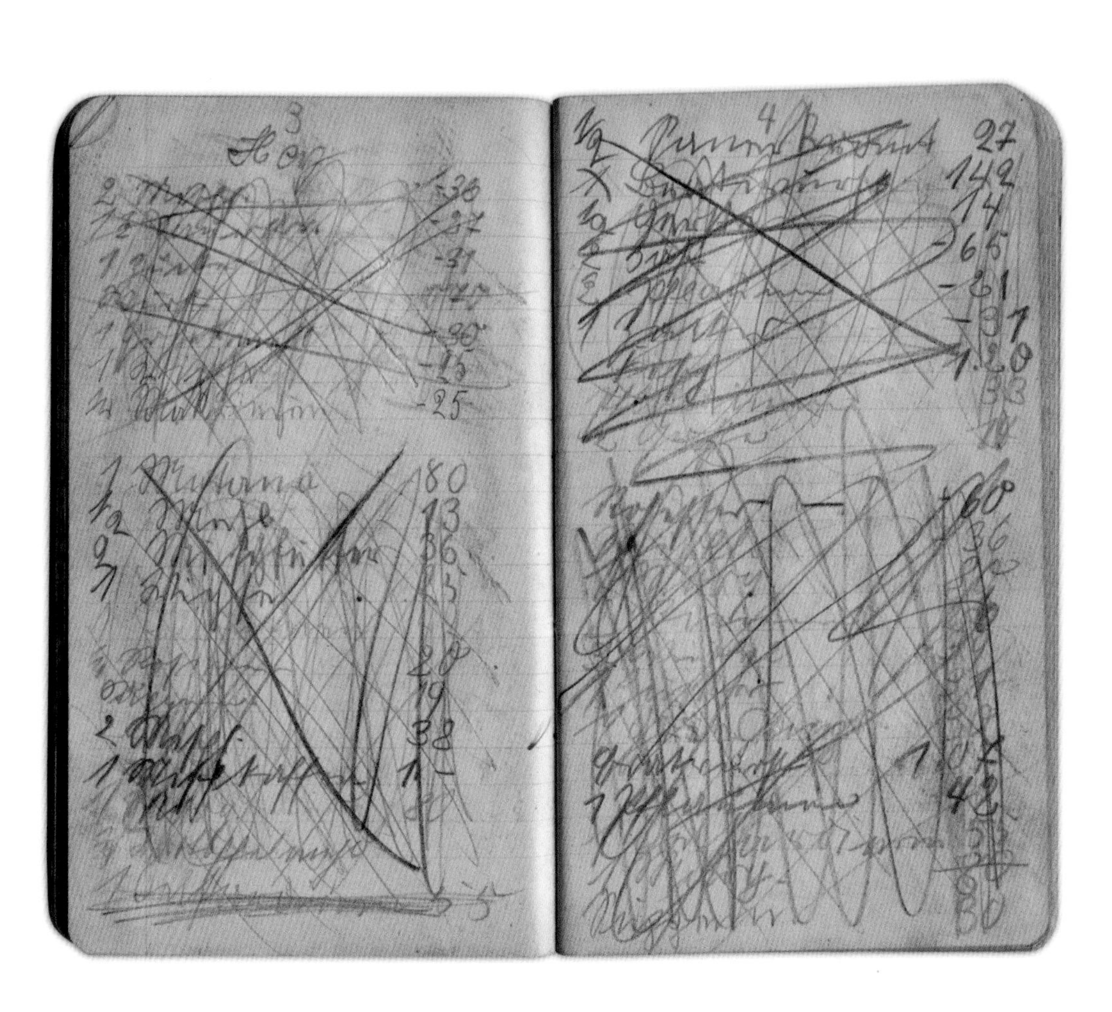

DER BERÜHMTESTE ZETTELKASTEN ...

... ist vermutlich der des 1977 verstorbenen Soziologen Niklas Luhmann. Er umfasst Zehntausende Zettel, die in Luhmanns hölzernen Schubladenschränken ruhen. Über sechsundzwanzig Jahre schrieb Luhmann seine Ideen und Gedanken auf Zettel in Karteikartenformat, die er nach einem Nummernsystem mit komplizierter Querverweisung ordnete. Karteikarten waren ihm zu dick und nahmen zu viel Platz ein, deshalb benutzte er dünne Zettel im gleichen Format. Jedes Thema erhält eine Nummer und einen festen Platz in der Zettelschublade. So kann an einen Zettel mit der Nummer 38/11 der Zettel 38/12 angeschlossen werden, aber auch der Zettel 38/11a und der Zettel 38/11b eingeschoben oder dann die Zettel 38/11b1 und 38/11b2 nachträglich eingefügt werden. Zur Orientierung benutzte er ein Schlagwortregister, hinter jedem Schlagwort finden sich Nummern. Für Luhmann ist sein Zettelkasten ein eigenständiger Kommunikationspartner geworden, den er erschaffen und aufgezogen hat und mit dem er in überraschender Weise kommunizieren kann.

In dem 1992 verfassten Artikel »Kommunikation mit Zettelkästen« schreibt Niklas Luhmann:

»Daß Zettelkästen als Kommunikationspartner empfohlen werden können, hat zunächst einen einfachen Grund in technisch-ökonomischen Problemen wissenschaftlichen Arbeitens. Ohne zu schreiben, kann man nicht denken; jedenfalls nicht in anspruchsvoller, anschlußfähiger Weise.«

»Als Ergebnis längerer Arbeit mit dieser Technik entsteht eine Art Zweitgedächtnis, ein Alter Ego, mit dem man laufend kommunizieren kann. Es weist, darin dem eigenen Gedächtnis ähnlich, keine durchkonstruierte Gesamtordnung auf, auch keine Hierarchie und erst recht keine lineare Struktur wie ein Buch. Eben dadurch gewinnt es ein von seinem Autor unabhängiges Eigenleben. Die Gesamtheit der Notizen läßt sich nur als Unordnung beschreiben, immerhin aber als Unordnung mit nicht-beliebiger interner Struktur.«

»Will man einen Kommunikationspartner aufziehen, ist es gut, ihn mit Selbständigkeit auszustatten.«

»Natürlich setzt Selbständigkeit ein Mindestmaß an Eigenständigkeit voraus. Der Zettelkasten braucht einige Jahre, um genügend kritische Masse zu gewinnen. Bis dahin arbeitet er nur als Behälter, aus dem man herausholt, was man hineingetan hat. Mit zunehmender Größe und Komplexität wird dies anders.«

»... der Zettelkasten gibt aus gegebenen Anlässen kombinatorische Möglichkeiten her, die so nie geplant, nie vorgedacht, nie konzeptioniert worden waren.«

»Man mag sich fragen, ob damit nicht auch die Ergebnisse einer solchen Kommunikation Zufallsprodukte sind. Das wäre indes eine zu stark komprimierte Vermutung. Innerhalb der Wissenschaftstheorie ist die Stellung des Zufalls umstritten. Wenn man evolutions-theoretischen Modellen folgt, hat der Zufall eine geradezu führende Rolle. Ohne ihn geht nichts, geht jedenfalls nichts voran ... Das eigentliche Problem verlagert sich damit in die Erzeugung von Zufällen mit hinreichend verdichteten Chancen für Selektion.«

Die Tiefe, die sein System erreichen konnten, zeigt sich in einer Fußnote des Aufsatzes: »Mein Zettelkasten gibt unter der Nummer 21/3d26g104,1 hierzu die Verweise ...«

Auf YouTube kann man Niklas Luhmann inmitten seiner Zettelschubladen beobachten. Er erklärt seine Ordnungsweise, man sieht, wie er Zettelstöße in das System einordnet. Seine Zettelkästen hat Luhmann der Universität Bielefeld vermacht. Dort arbeitet ein Team von Wissenschaftlern seit 2011 an der Erfassung der Zettel. Die Universität rechnet laut einem Fernsehbericht damit, dass alle Zettel – die Gesamtzahl ist weiterhin unbekannt – ab 2016 erfasst und einsehbar sind.

Zitate aus: Niklas Luhmann: Kommunikation mit Zettelkästen, in: Andreas Kieserling (Hrsg.), Universität als Milieu, Bielefeld 1992, S. 53–61

L M M J V S D
3 · 5 · 2 P R
459, ROUTE DE LONGWY
L-1941 LUXEMBOU

DUCTION
TEL (352) 25 17 17
FAX (352) 25 18 95
L M M J V S D

Zwillingsgeburten Luzern

Siamesische Zwillinge

eineiige haben meist gleich Schicksal, vor allem ... zusammengewachsen. 2 Eier ... aber gleichzeitig ... befruchtet w. ...

... Zwillinge sind ... ähnliche Geschwister

gleichen Tag geboren – gleich ... Himmel bis z. Mond ... man empfängt a. d. Erde ... jeden nach Ort u. Zeit, weil ... 24 Std. ... wie 25 min. ... wie 1 Ei d. andern ...

geb. ... 17. 6. 07 ... 6. 6. 14 ...

... Geb. ...

Es ...

Wunschzettel 1926

Stabil N 50, langen 100 Schuss, Skalpmesser mit Lederscheide, bunte Federn, Köcher, großen Schild mit Fell.

Skizzenbuch, Taschenmesser, grüne Tube, Turngerät mit Reck, Kletterstange, Ringen, Schaukel
Wulfram Matthias

Quelle: FAZ, 16.12.12

Liebes Christkind!
10. 11. 12

Ich wünsche mir zu Weihnachten ein weißes Einhorn mit Flügeln von Schleich, Schier, Malbücher.
Viele liebe Grüße
Alina

Quelle: FAZ, 16.12.12

Weihnacht 2012

Kinder-I-Pad * Computerspiel * Uhr *
Buch * Filly-Haus * Schal * Regenbogen *
Kissen * Blade * Pullover *

Quelle: FAZ, 16.12.12

NACH DER 6. STUNDE

Am Montag hatte sie alle gebeten, Einkaufszettel mitzubringen, und nach erstauntem Zögern und anfänglichem Unverständnis willigten viele schließlich ein. Sie hatte nicht damit gerechnet, dass Einkaufszettel anscheinend »aus der Mode« gekommen waren, denn anders war nicht zu erklären, warum sie in den nächsten Tagen zunächst überwiegend Kassenbons statt der erbetenen Einkaufszettel erhielt. Sie befürchtete schon, dass das, was sie suchte, längst ausgestorben sei, und voller Melancholie dachte sie an ihre Mutter, die – immer auf dem gleichen Stuhl am Küchentisch sitzend – gewissenhaft und regelmäßig täglich gegen 10 Uhr morgens Einkaufszettel geschrieben hatte. Das war sehr lange her ..., ihr schien es so, als erinnere sie sich an ein anderes Leben.

Die folgenden Pausen jedoch wurden bevölkert von großen und kleinen Kindern, die ihr tatsächlich Einkaufszettel brachten: zerknitterte, geglättete, leserliche und unleserliche, türkische, arabische und tamilische, vietnamesische, polnische und natürlich deutsche. Man präsentierte ihr Handys und iPhones mit Einkaufslisten und mit Kugelschreiber beschriebene Arme, auf denen »Eis, Butter, Eier« zu lesen war.

Schüchtern steckte ihr eine Fünfzehnjährige einen – wie sie betonte – besonders wichtigen Einkaufszettel zu. »Gegen Liebeskummer« hatte sie auf das linierte, nachlässig aus ihrem College-Block herausgerissene Papier geschrieben. Aufgezählt wurden: »Schokolade, Popcorn, Schokoküsse, Eis«. Mit verwischter Tinte im letzten Sommer geschrieben, verziert mit einem gebrochenen Herzen, musste sie der Neuntklässlerin versprechen, den Einkaufszettel so bald wie möglich und unversehrt zurückzugeben.

Ein türkischstämmiges Mädchen flüsterte nur leise, als sie berichtete, dass ihre Mutter kaum Deutsch schreiben, sie selbst aber Türkisch nur schwer lesen könne. Die Mutter ergänze deshalb die türkischen Worte auf dem Einkaufszettel immer um ein Bild, welches das jeweilige Wort verdeutliche. Das Mädchen war sich nicht sicher, ob sie einen dieser Zettel mitbringen sollte. Sie wollte ihre Mutter nicht beschämen.

Auch einen Einkaufszettel auf Shona, einer Sprache aus Simbawe, einen auf Amharisch, der Hauptverkehrssprache in Äthiopien – von Letzterer hatte sie bis zu diesem Zeitpunkt noch nie etwas gehört –, und einen für ein gehörloses und stummes Mädchen erhielt sie in den nächsten Tagen. Den auf dem Zettel eingestanzten Code verstand sie genauso wenig wie die Mehrzahl der für sie fremden Sprachen. Hilflos bat sie um Übersetzung.

Schon bald lernte sie, dass Helal oder Halal auf Arabisch das »Zulässige« oder das »Erlaubte« bedeutet und dass man als Moslem strengstens auf diese Kennzeichnung zu achten hat, will man nicht am jüngsten Tag in der Hölle enden. Sie lernte, dass »bulgur« (türk.) brauner Reis ist und »ekmek« Brot, dass Milch auf Albanisch »tombel«, auf Spanisch »lese« und auf Shona »isu« heißt. So sehr sie sich auch bemühte, all die fremden Vokabeln zu begreifen, so schnell jedoch kapitulierte sie vor all den für sie unleserlichen Schriftzeichen und Informationen, die sich dahinter verbargen.

Nachts fand sie noch schlechter Ruhe als ohnehin üblich, wenn sie aber doch zu fortgeschrittener Stunde in einen kurzen Dämmerschlaf fiel, zogen ganze Karawanen ihr unbekannter Wörter durch ihr Schlafzimmer und ließen sich in ihren unruhigen Träume nieder.

»Bánh mì«, »ψωμι«, »ரொட்டி«, »buk«. Vier Vokabeln, die auf Vietnamesisch, Griechisch, Tamilisch und Albanisch alle dasselbe bezeichnen: Brot, tatsächlich das Grundnahrungsmittel vieler Kulturen. Die Butter darauf heißt »ма́сло« auf Russisch, »βούτυρο« auf Griechisch und »masło« auf Polnisch. Und auch der Zucker drängte sich in malerisch arabischen Schriftzeichen »سكر« oder halbwegs vertrauten Lautungen wie »şeker« auf Türkisch und »šećer« auf Kroatisch in ihren Schlaf.

Das Wort »Salami« schien ihr sowohl in wachem als auch in träumendem Zustand auf Polnisch, Türkisch und Kroatisch der deutschen Bezeichnung am ähnlichsten. Lediglich der letzte Buchstabe wird entweder ganz weggelassen »salam« oder in ein »a« verwandelt: »salama«.

Ungebeten und scheinbar wie aus dem Nichts tauchten plötzlich zu den Einkaufszetteln auch »Einkaufsgeschichten« auf, Geschichten aus der

»Heimat« der Kinder, die ja eigentlich die Heimat der Eltern ist, die aber in den Sommerferien regelmäßig besucht wird.

Das »Projekt Einkaufszettel« verselbstständigte sich.

So erfuhr sie, dass man in Hakkâri, der Hauptstadt der gleichnamigen südöstlichsten Provinz der Türkei, mit Eimer, Seil und Einkaufszettel einkauft, wenn man im 4. Stock lebt und sich im Erdgeschoss ein Lebensmittelladen befindet, denn man kann den Eimer samt Zettel an einem Seil aus dem Fenster hinunterlassen und ihn nur kurze Zeit später gut gefüllt wieder hochziehen. Bezahlt wird auf die gleiche Weise.

Die Bewohner der Stadt Istanbul hingegen können ihre gesamten Einkäufe getrost einem »kapiçilar« anvertrauen. Diese türkischen »Haushälter«, die, in den Kellern der Mehrfamilienhäuser lebend, jeden Abend gegen 19 Uhr alle Bewohner des Hauses befragen, was diese vom türkischen Kleinwarenhändler, vom »bakal«, benötigen, bringen am nächsten Morgen die gewünschten Waren in jeden Stock und kassieren ab. Auch den Müll, den die Bewohner nur vor die Tür zu stellen brauchen, wird vom »kapiçilar« entsorgt, der für alle diese Dienste mietfrei im Keller oder Souterrain lebt.

Beim besagten »bakal«, einer Art türkischer Kiosk oder Kleinwarenhändler, kann den gesamten Monat über eingekauft werden, ohne dass man bezahlt. Alles wird auf einen Block geschrieben und die Rechnung erst beglichen, wenn Geld da ist.

Im Senegal, in einem Ort namens Mampatin, so wurde ihr am nächsten Tag berichtet, fahre täglich gegen 5 Uhr morgens, nach dem ersten Gebet, ein kleiner Bus durch die Straßen und biete Brot und Getränke an. Eine Stunde später dann gebe es Obst und Gemüse. Der Fahrer nehme die Bestellung auf, reiche die Ware heraus und bezahlt werde auch hier nicht sofort, sondern nur einmal pro Woche am Sonntag. Wenn kein Geld da sei, warte man eben bis zum nächsten Mal.

Auch auf Sizilien, in der Stadt Palma di Montechiaro, was so viel bedeutet wie »Palme des hellen Berges«, gebe es, so erfuhr sie von einer Zehntklässlerin, schon um 6 Uhr in der Früh einiges einzukaufen. Ein Wagen mit Megafon wecke alle Leute und das »peshku e freskul« (frischer Fisch) höre man schon eine Viertelstunde früher, so berichtete das Mädchen, das dem morgendlichen Weckruf keinerlei romantische Nuance abgewinnen konnte. Dieser Ruf allein sei noch erträglich, viel »schlimmer« seien die sich in der gesamten Straße öffnenden Fenster und die dann laut einsetzende Unterhaltung der Nachbarn. »Hast du gehört? Der Fischmann ist da!« »Ja, die Leute sind schon alle unten!« »Mach schnell, sonst bekommst du nichts mehr!« »Ja, ja, ich lauf ja schon!« »Bring mir einen ganz frischen mit!« » Nächstes Mal stehst du aber mal auf!« »Ja, ja, red nicht, beeil dich!« Spätestens zu diesem Zeitpunkt sei man wach!

In ihre eigenen Träume hingegen drängten sich nun romantische Bilder, Stimmungen, Klänge und Stimmen aus fernen, südlichen und vor allem heißen Ländern, die die Kolonnen der fremden Vokabeln bereicherten und mit Leben füllten.

Die Art und Weise des wöchentlichen Einkaufs in einem Dorf in der Nähe von Shurugwi in Simbabwe jedoch erschien ihr so unwahrscheinlich, so realitätsfern, dass sie mehrmals nachfragen musste, um das System zu verstehen. Dort kaufe jede Woche ein anderer Dorfbewohner ein und verteile die Lebensmittel, so erklärte ihr eine Schülerin. Es komme immer jemand ins Haus, notiere die Wünsche sorgfältig und bringe sie noch am gleichen Tag vorbei. Abgerechnet werde jedoch nie! Irgendwann sei jeder an der Reihe und übernehme dann die Kosten für alle Einkäufe. Das ganze Verfahren basiere auf Vertrauen, keiner würde dieses System ausnutzen, irgendwie komme es immer so aus, dass alle alles hätten und jeder zufrieden sei.

Dieses Prozedere erschien ihr mehr als märchenhaft und mit jedem Einkaufszettel und jeder »Einkaufsgeschichte« wuchs ihr Respekt vor diesen Kindern, die anscheinend selbstverständlich tagtäglich in zwei, manchmal drei so grundverschiedenen Kulturen lebten, dachten, sprachen und fühlten. Aber es mischte sich auch ein kleiner Stachel Neid hinein, denn zu dunkel nur erinnerte sie sich an den Milchmann ihrer Kindertage, der immer am Dienstag und Freitag vorgefahren war und bei dem ihre Mutter regelmäßig Kakao für sie gekauft hatte. Auch das Anschreiben war damals noch üblich gewesen.

Am Freitagnachmittag schließlich ging sie selbst einkaufen. Als sie den Supermarkt durch die sich selbst öffnenden Türen betrat, hatte sie bereits auf dem Parkplatz ihr Auto abgestellt, hatte einen Euro in den dafür vorgesehenen Schlitz ihres Einkaufswagens gesteckt und die Pfandflaschen ordnungsgemäß in der Röhre des Pfandautomaten entsorgt.

Aus den Lautsprechern drang seelenlose Geplärre, unterbrochen nur von den Anpreisungen der wöchentlichen Sonderangebote.

Der Supermarkt war voller Menschen, es war laut.

Das gleißende Neonlicht blendete sie.

Sie schloss die Augen.

Evelyn Meessen

das
Kaffee
Haus
Köln

Qualität aus Köln: Rheinkaffee Nil-Absorbo Blum's-Kaffee

Siegfried ist
eine Arschgeige.
Peter ist die Ober-
arschgeige.

ZETTEL SIND MINUTENZEIGER IM ALLTAG

»Frau Räderscheidt, mir ist was passiert« stand auf dem karierten Blatt, den mir der Handwerker hinterlassen hatte. In banger Erwartung, was er wohl kaputt gemacht haben würde, ging ich durch meine Wohnung. In der Küche lag eine in zwei Teile zerbrochene Porzellanschüssel mit goldenem Rand.

»Gehört alles den Herrn Räderscheidt« stand auf dem Zettel, den ein fürsorglicher Hausmeister an die Sachen geheftet hatte, die mein Vater vergessen hatte.

Auf der Suche nach einem Hinweis auf den Besitzer der Brieftasche, die ich auf der Straße gefunden hatte, fand ich einen Stapel kleiner quadratischer Papierchen: »les pontres = die großen Querstreben!«; »Achtung! Interview 1970: seine Frau ist LYN nicht Nancy«; »Bei Piano alle Fragen im Manuskript prüfen! Z.B. S.74 und davor!«

»Was machst du da?!«, herrschte die Frau ihren Mann an, der überall in der gemeinsamen Wohnung gelbe Post-it-Zettel anbrachte. »Damit ich mir merke, wo die Sachen hingehören«, antwortete der Mann, der es leid war, sich immer wieder zurechtweisen zu lassen, wenn er ein Glas, eine Tasse, eine Vase nicht an den »richtigen« Platz zurückstellte.

Erna Melzer war keine Frau aus der Nachbarschaft, keine entfernte Bekannte, und wir waren auch nicht mit ihr verwandt. Und doch gehörte sie zur Familie. Ihr Name stand auf einem kleinen Papierstreifen, der herausfiel, als meine Mutter eine soeben für meinen Vater gekaufte Unterhose auspackte: Kontrolliert von Melzer Erna

13/02/11

Bei U-Bahn-Ausgrabungen am Kurt-Hackenberg-Platz in Köln hat man im Bereich des römischen Hafens große Mengen kleiner Holztäfelchen gefunden, die, mit einer dünnen Wachsschicht oder weißer Farbe versehen, den Römern als Schreibtafeln dienten. Teilweise sind noch schwache, bis ins Holz eingedrungene Schriftabdrücke sichtbar.

Die wissenschaftliche Untersuchung erlaubt noch nicht die Behauptung, dass unter den Funden auch Einkaufszettel sind. Abwegig ist diese Vermutung aber nicht.

WILLIAMS GEIST

Der Brief fällt aus einem Taschenbuch, das sie aus dem Koffer genommen hat, weil der Himmel heute voller Wolken hängt. Hellblaues Luftpostpapier flattert heraus, als sie den Band auf das Kopfkissen ihres Mannes legen will. Der Brief ist an sie gerichtet. Sie weiß sofort, um welches Schreiben es sich handelt.

Sie hört unter sich in der Küche die Freunde und ihren Mann mit dem Frühstücksgeschirr klappern, während sich durch das zu Boden segelnde Luftpostpapier im Schlafzimmer ihres Ferienhauses ein kleiner, breit gebauter Mann mit hellgrauen Augen vor ihr aufbaut. In ihrer Erinnerung sieht sie William genau vor sich. Er schaut sie an. Sie hat ihn nie in etwas anderem gesehen als in diesem dunkelblauen T-Shirt und seinen Khakihosen. Leicht ergraute Locken kringeln sich um ein markantes Gesicht.

Er hatte ein Segelboot und sie dachte anfangs, er käme immer gerade von da herunter, bis sie lernte, dass sein Boot ganz woanders lag.

Der Brief enthält Williams Heiratsantrag: »Ich will dich heiraten. Setz dich in den Zug und komme her«, dem sie sieben Jahre zuvor nicht gefolgt war.

Paula Henn

ION
NVE
Jésu
VIVA
Still
10
m.com
NE PAS JETER SUR LA V
OFF
LO
BO
Ven
296, Ru
our
ise
ncert
.com
ABITUELS
fnac

DIE HANDTASCHE

Nach der Beerdigung hatte er erst einmal so getan, als wäre alles wie früher. Er war morgens aufgestanden wie immer, hatte gefrühstückt, Einkäufe gemacht, war auf den vertrauten Wegen spazieren gegangen, hatte mit seiner Tochter telefoniert, hatte abends die Tagesschau erwartet und dann ein Abendprogramm ausgewählt. Alles war wie immer.

Nichts war wie immer. Er kaufte morgens nur zwei Brötchen, kochte nur ein Ei, saß alleine am Frühstückstisch. Er musste mit niemandem die Zeitung teilen. Die Wohnung war verstörend leer. Wenn er spazieren ging, bemühte er sich, möglichst schnell wieder zu Hause zu sein. Wenn seine Tochter ihn fragte, wie es ihm gehe, wusste er nicht, was er antworten sollte.

Rosa fehlte ihm.
Sie fehlte ihm immer und überall.

Als er das erkannte, wusste er nicht weiter. Er versuchte, neue Wege zu beschreiten, die sie nicht gemeinsam gegangen waren. Er wählte neue Geschäfte zum Einkaufen, fing wieder an zu fotografieren und meldete sich gelegentlich bei der Gemeinde zu einem Ausflug für Senioren an.

Es half nichts. Immer war der Platz an seiner Seite leer. Er hatte noch nie so viel gefroren. Seine Seele lag auf Eis.

Nach einer langen Zeit der Öde und Erstarrung wachte er eines Morgens auf und freute sich über die Sonnenstrahlen, die durchs Fenster fielen und sein Gesicht wärmten. Er ging ins Café Neubauer zum Frühstücken, unterhielt sich mit der Bedienung über Belangloses, saß dort lange und überlegte, was zu tun sei. Er beschloss, sich von Rosas Sachen zu trennen.

Viele ihrer Kleidungsstücke fanden im Freundeskreis Abnehmer. Das ging leicht. Schwieriger war es, die übrig gebliebenen Stücke in die Kleidersammlung zu geben. Alles, was noch im Badezimmer von ihr stand, tat er in den Müll, schweren Herzens. Nur ihr Parfüm nahm die Tochter mit. Danach brauchte er einige Tage Pause, bevor er ihre Bücher ins Altenheim bringen konnte. Die Fotos hatten ihnen beiden gehört, die wollte er behalten. Im Schrank standen noch drei Handtaschen von ihr, randvoll mit diesem und jenem. Davor drückte er sich lange.

Schließlich öffnete er die erste. Zutage kamen ganz alltägliche Gegenstände: ein Kamm, ein Lippenstift, ein abgefahrener Busfahrschein. Trotzdem hatte er das Gefühl, in verbotenes Gelände einzudringen. Zuunterst fand er einen abgerissenen Zettel. Theo Baruscheit stand darauf, dazu eine Adresse und eine Telefonnummer. Nichts davon war ihm bekannt. Einem Impuls folgend wählte er die Telefonnummer.

»Baruscheit«, meldete sich eine angenehme Männerstimme. »Nolte«, brachte er noch heraus, dann schossen ihm tausend Gedanken durch den Kopf. Und jetzt? Was willst du denn von ihm wissen? Herrje, in was für eine Situation hast du dich gebracht?

In Sekundenschnelle entschied er sich für die Wahrheit. Er erzählte, wie und wo er die Telefonnummer gefunden hatte und dass er gerne wissen wollte, wer Theo Baruscheit sei und was er mit Rosa zu tun gehabt hätte.

Eine längere Pause entstand, angefüllt mit angespanntem Zögern. Schließlich entschied sich der andere auch für die schlichte Wahrheit. »Rosa und ich waren in unserer Jugend ein Paar. Vor ungefähr einem Jahr hat sie mich angerufen und gefragt, ob wir uns mal unterhalten könnten. Wir haben uns dann einmal bei Taschner's getroffen und längere Zeit miteinander geredet. Das war's. Ich wusste nicht, dass sie gestorben ist. Mein Gott. Wie lange ist das denn her?«

»Ziemlich genau zehn Monate. Würden Sie auch einmal mit mir reden?«

Theo Baruscheit und Jürgen Nolte trafen sich im Café Neubauer zum Frühstück. Beide waren hager, etwas kantig, Theo wirkte irgendwie jung geblieben. Sie waren sich auf Anhieb sympathisch. Theo konnte unbefangen erzählen, dass er und Rosa, als sie beide Anfang zwanzig waren, eine Liebesbeziehung gehabt hatten. Kurz, aber heftig. Beide hatten geglaubt, die Liebe ihres Lebens gefunden zu haben.

»Warum ist es auseinandergegangen?«, fragte Jürgen.

»Bei unserem Gespräch stellte sich heraus, dass wir dazu ganz unterschiedliche Erklärungen hatten. Ich behauptete, Rosa hätte mich betrogen. Sie wies das empört zurück und sagte, ich hätte nicht ertragen können, dass ihr Studium so viel Raum einnahm.«

Jürgen kaute an seiner nächsten Frage. »Warum«, fragte er zögerlich, »hat sie dich um dieses Gespräch gebeten?«

»Genau weiß ich das nicht. Aber ich vermute, sie wollte für sich klären, ob sie an der damaligen Gabelung in ihrem Lebensweg den richtigen Abzweig gewählt hat.«

Jürgen sah Theo fragend an. Der lächelte. »Wir haben darüber nicht explizit gesprochen. Aber die Atmosphäre des Gesprächs war freundlich, oft sogar heiter. Wir haben uns entspannt verabschiedet. Ich glaube, sie konnte die Sache endgültig abschließen. Ich habe das schon vor langer Zeit getan.«

»Sie hat mir überhaupt nichts davon erzählt«, sagte Jürgen. Vorwürfe lagen in der Luft. Sein Gegenüber antwortete darauf nicht, wich aber seinem Blick nicht aus. Dann lächelten beide.

Jürgen beschloss, die beiden anderen Handtaschen ungeöffnet wegzuwerfen.

Christa Zander

Three Nuns
TOBACCO

Bouillon machen: 2 l
aus von Knochen

1kg Rindsfilet

1kg Schweinsfilet

1kg Schaf-Schulter

Knochen Gemüse oder Gigot
in Gulasch würfel
geschnitten.

3kg Zwiebeln

3kg Kartoffeln

1kg saueren Rahm

3kg Sauerkraut
ungekocht

500 gr Schweineschmalz

250 gr. geräucherten
Speck

Holländischen Kümmel

DIE TINTENBOTSCHAFT

Er möchte schreien vor Schmerz, muss aber stumm ertragen, wie der schlanke, bärtige Mann das edle, tiefe Schwarz der Farbe in die zarte Blässe seiner makellosen Haut ritzt. Es fühlt sich an, als würden Tausende Nadelstiche seinen Körper traktieren. In aller Eile hinterlässt die Farbe ein paar fahrige Zeilen auf seiner kaum sichtbaren Hülle. Es sind durchdachte Worte, die dort hastig Halt finden. Schnell gewöhnt er sich an die Schmerzen, bald fühlt es sich wie ein leichtes Kitzeln an. Unerwartet beendet der Mann die Prozedur, doch seine Erleichterung weilt nicht lange. Auf einmal umgibt ihn Dunkelheit. Es ist, als hätte das Meer plötzlich die Sonne verschluckt und mit ihr alles Licht der Welt. Er spürt Enge und Wärme um sich herum – oder spielen ihm seine Sinne einen Streich? Er weiß es nicht, und noch bevor er sich orientieren kann, scheint sich sein nachtschwarzes und beklemmendes Gefängnis in Bewegung zu setzen. Er sucht verzweifelt nach Halt und findet diesen schließlich in einer Ecke der undurchdringlichen Finsternis. Doch der Hauch von Sicherheit, das kurze Gefühl, die Situation zu beherrschen, währt nur kurz. Dann, völlig überraschend: zarte goldene Sonnenstrahlen, die seine verletzte Haut berühren; ein plötzliches Herumwirbeln in der vom milden Sommerregen getränkten Luft. Leichtes Schwindelgefühl erfasst ihn. Der frische Duft weckt seine längst vergessen geglaubten Lebensgeister. Er könnte ewig so schwerelos in dem milden Sonnenlicht hin und her schweben ...

Jedoch wird seine Erleichterung schlagartig erschüttert, als er begreift, dass sein Körper jeden Augenblick auf dem kalten, harten Boden aufschlagen wird. Doch bevor sein Schicksal, mit dem er sich bereits abgefunden hat, besiegelt ist, greift der Mann nach ihm, rettet ihn: überraschend, unverhofft, unvorhergesehen. Dieses Verhalten irritiert ihn. Sein Misstrauen soll nicht unbegründet bleiben: wieder ein Stich! Erneuter Schmerz! Ein Schmerz, den er noch nie zuvor in seinem Leben gespürt hat, dessen Intensität er niemals hätte auch nur erahnen können. Eine Spitze bohrt sich rasch durch seinen Körper, gleitet geschmeidig in ihn hinein. Der Schmerz erreicht jede Faser seines geschundenen Körpers, lähmt ihn. Er wird gegen eine Wand gedrückt. Diese gibt wider Erwarten dezent, fast gnädig nach, aber das schmälert sein Leid nicht.

Nun ist er allein. Verlassen. Er versucht, sich mit Gedankenspielereien von seiner unerträglichen Not abzulenken. Doch unverzüglich breitet sich der betäubende Schmerz in den Tiefen seines Seins aus, nimmt Platz in seinen schwindenden Gedanken und spült die Ablenkungsversuche seines Verstandes fort wie die gefallenen Regentropfen den Staub des fortschreitenden Tages. Er zappelt, versucht mit letzter Kraft, sich von dieser Fessel zu befreien, die mitten durch seinen Körper, mitten durch sein Innerstes dringt. Wie lange wird er hier hängen müssen, bis ihn jemand aus dieser Gefangenschaft befreit? Stunden, Tage, Wochen?

Doch er hat Glück: Nicht einmal eine halbe Stunde später taucht wie aus dem Nichts eine junge Frau auf. Ihr helles, duftendes Haar weht, während sie sanften Schrittes auf ihn zuschreitet. Als ihre weichen, zarten Hände ihn vorsichtig befreien, zaubert seine Botschaft ein strahlendes Lächeln auf ihr Gesicht. Sie wirft einen letzten liebevollen Blick auf ihn, bevor sie ihn an ihre Brust drückt, die von einer nach Maiglöckchen duftenden Seidenbluse verhüllt ist. Für einen Augenblick hört er ihren Herzschlag, schnell, kräftig und im perfekten Takt – wie das Ticken einer verlässlichen Uhr. Behutsam öffnet die junge Frau eine rechteckige weiße Schachtel und legt ihn hinein. Ihn, den zerknitterten, durchlöcherten und unscheinbaren kleinen Zettel samt seiner ihr Leben verändernden Botschaft.

Judith Haag und Xenia Kuczera

Meine Notizen

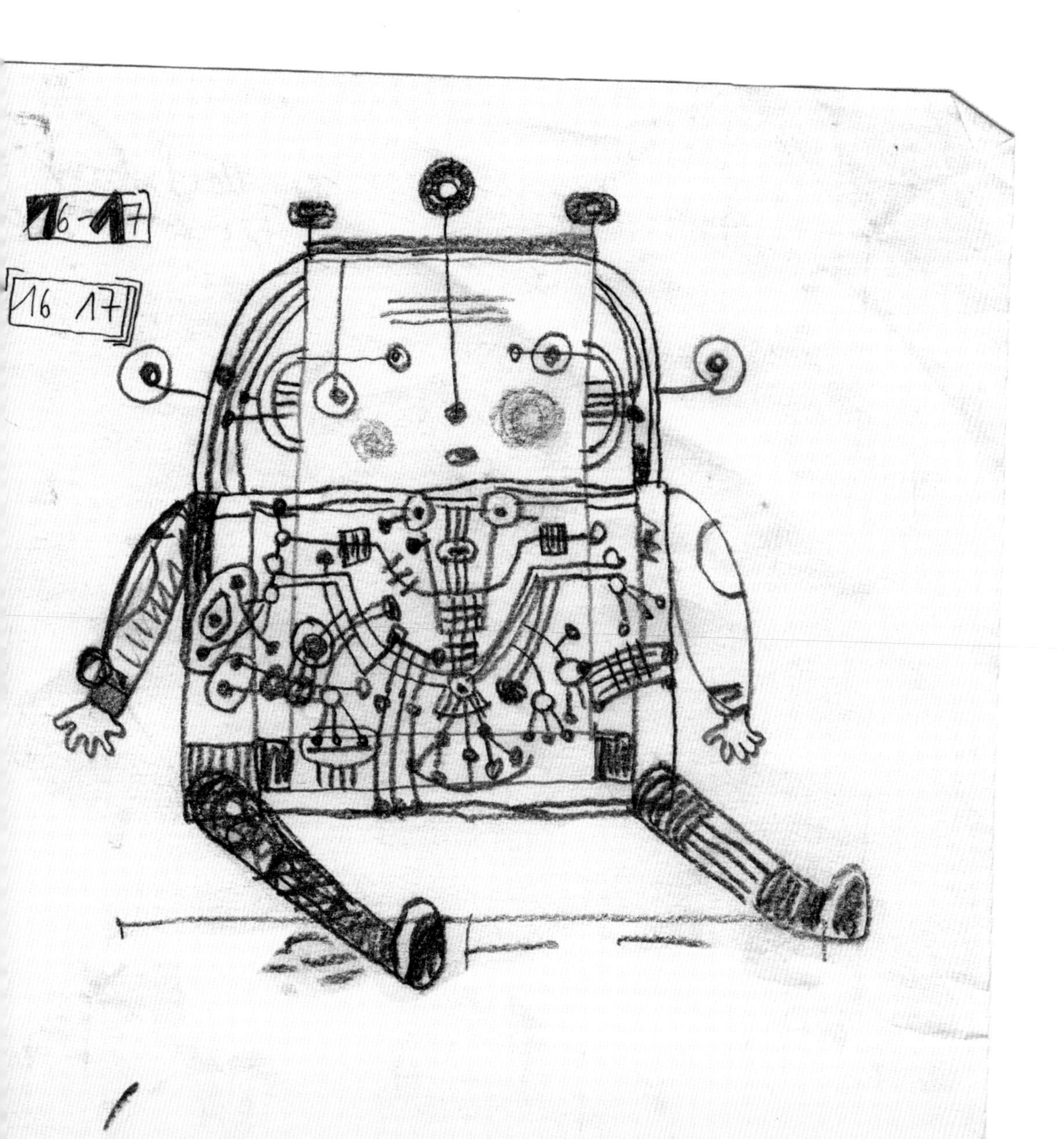
16-17
16 17

ZETTELS TRAUM

»Ich habe ein äußerst rares Gesicht gehabt. Ich hatte 'nen Traum – 's geht über Menschenwitz zu sagen, was es für ein Traum war. Der Mensch ist nur ein Esel, wenn er sich einfallen läßt, diesen Traum auszulegen. Mir war, als wär' ich – kein Menschenkind kann sagen, was. Mir war, als wär' ich, und mir war, als hätt' ich – aber der Mensch ist nur ein lumpiger Hanswurst, wenn er sich unterfängt, zu sagen, was mir war, als hätt' ich's. Des Menschen Auge hat's nicht gehört, des Menschen Ohr hat's nicht gesehen; des Menschen Hand kann's nicht schmecken, seine Zunge kann's nicht begreifen, und sein Herz nicht wiedersagen, was mein Traum war. – Ich will den Peter Squenz dazu kriegen, mir von diesem Traum eine Ballade zu schreiben; sie soll Zettel's Traum heißen, weil sie so seltsam angezettelt ist, und ich will sie gegen das Ende des Stücks vor dem Herzoge singen. Vielleicht, um sie noch anmuthiger zu machen, werde ich sie nach dem Tode singen.«

»Zettels Traum« aus William Shakespeare,
Ein Sommernachtstraum, 1. Akt
In der Übersetzung von August Wilhelm von Schlegel, 1797

Hof-Theater.

Name des Theaters

Weimar, Sonntag den 3. Februar 1856.

Ort der Aufführung

Bei aufgehobenem Abonnement:

Zur Nachfeier

des hundertjährigen Geburtstags

von

Wolfgang Amadeus Mozart.

Zum Besten der Mozart-Stiftung.

Orchester-Satz aus „Titus" von Mozart.

Prolog.

Gesprochen von Herrn Grans.

Hierauf:

Zum Erstenmale mit deutschen Recitativen:

Don Juan.

Titel

Oper in zwei Akten, bearbeitet nach Fr. Rochlitz. Musik von W. A. Mozart.

Gattungsbezeichnung

Der Gouverneur, ...	Hr. Höfer.
Donna Anna, seine Tochter, ...	Fr. Milde.
Don Octavio, ihr Verlobter, ...	Hr. Knopp.
Don Juan, ...	Hr. Milde.
Leporello, sein Bedienter, ...	Hr. Roth.
Donna Elvira, Geliebte des Don Juan, ...	Frl. Waltersdorf.
Masetto, ein Bauer, ...	Hr. Waltzer.
Zerline, seine Braut, ...	Frl. Wolf.

Musikanten. Bauern. Bäuerinnen. Masken. Bediente. Furien.

Rollen und Besetzungen

Preise der Plätze:

Fremden-Loge	1 Thlr. — Sgr.		Parterre-Loge	— Thlr. 15 Sgr.
Balkon	— „ 20 „		Parterre	— „ 10 „
Sperrsitze	— „ 20 „		Gallerie-Loge	— „ $7^1/_2$ „
Parket	— „ 15 „		Gallerie	— „ 5 „

Preise

Anfang halb 7 Uhr. Ende nach 9 Uhr.

Uhrzeit

Die Billets gelten nur am Tage der Vorstellung, wo sie gelöst worden.

Der Zutritt auf die Bühne, bei den Proben wie bei den Vorstellungen, ist nicht gestattet.

Verbote/Reglements

Das Theater wird halb 6 Uhr geöffnet.

Die freien Entréen sind erst halb 7 Uhr giltig.

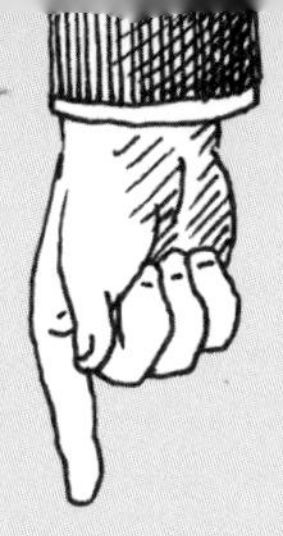

THEATER-ZETTEL

Was verbirgt sich hinter der »Einblattarchivalie« Theaterzettel? Wie viele würden wir auftreiben, wenn wir in einschlägigen Archiven zu graben begännen?

Sagen wir's, getragen von Zuneigung zu einem der unterschätztesten Schätze einer europäischen Erinnerungskultur, mit Leporellos Registerarie:

in der Staatsbibliothek Berlin 300 000
im Theatermuseum Moskau 600 000
im Theatermuseum Düsseldorf 36 000
im Stadtarchiv Güstrow 12 000 …

Und natürlich gab es zur Uraufführung des Don Giovanni am 29. Oktober 1787 im Nationaltheater in Prag einen Theaterzettel! Er ging verloren, wurde aber hundert Jahre später als Erinnerungsblatt rekonstruiert.

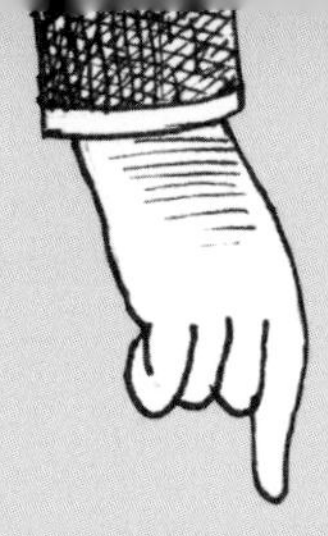

Damals war er schon rund zweihundertfünfzig Jahre alt. Ein kleines Wunderwerk, das sich, bei aller Mode, die Text und Gestaltung mitgemacht hatten, in Format und Inhalt treu geblieben war. Eingeschrieben war und ist den Zetteln, was Theater in ihrer Zeit bedeuteten. Ja, das Theater erweist sich einmal mehr als Mikrokosmos unserer Welt, in dem die Theaterzettel so etwas wie der Mikrokosmos des Mikrokosmos sind!

Wir können Theaterzettel wie ein virtuelles Theater begehen.

Beginnen wir am oberen Ende: Name und Emblem, zuweilen auch der Name der Theaterprinzipale verraten, vor welchem Theater wir uns befinden, dazu erfahren wir Ort und Sparte.

Nun interessiert uns das Stück: Titel, Untertitel und Gattungsbezeichnung verorten es in unserer Bildungswelt, differenzieren unsere Erwartungen: Wer ist der Autor, was signalisiert die Titelmatrix? Hier begegnet uns, so könnten wir sagen, Werbung vor der Tür.

Wir betreten das Theater, wollen mehr wissen, konkreter einsteigen und werden bedient:

Rollen- und Rollenbesetzungen folgen, meist mittig und in einem Komplex als zentrales Blattereignis herausgehoben. Wie im richtigen Theaterleben entfaltet sich für uns das Bühnengeschehen, die Rollenbezeichnungen lassen das Gelesene als »Theater« entstehen.

Weiter im Text!
Hinweise auf die »Pause nach dem zweiten Akt« sagen uns: Theater, das ist Lebensvollzug in Raum und Zeit. Wir ahnen es schon und freuen uns auf das Lustwandeln im Foyer, die Chance, zu sehen und gesehen zu werden.

In manchen Zeiten gab es Hinweise auf die Kleiderordnung, ja auch auf nötige Verbote – sich etwa nicht »auf das Theater«, sprich: auf die offene Bühne zu begeben. Auch Hunde waren von solchem Sakrileg, das offensichtlich lange keines war, abzuhalten!

Noch sind wir nicht am Ende: Das Theater nach dem Theater offeriert uns die Wiederholbarkeit solcher Reize: Dazu bahnen Hinweise auf die Abonnementspraxis, inklusive Preisen und Ermäßigungsbedingungen, auch Ankündigungen über das Saisonprogramm und Extraveranstaltungen den Weg.

Ab und an informiert der Zettel mancher Großstadtbühne seine geneigte Fahrkundschaft darüber, wann der letzte Bus in die Provinz zurückfährt.

Das hochgeschätzte Publikum hat das Spielereignis überstanden und ist gerade dabei, das virtuelle Theater zu verlassen.

Tatsächlich lebt der Zettel mit und von diesen überschaubaren Informationen und verrät dennoch eine Menge über Zuschauererwartungen und den gesellschaftlichen Stellenwert der Bühnen. Virtuosen- und Ensembletheater konkurrieren, ebenso Regieleistung und Dichtertext, auch Musik- und Sprechtheater. Ökonomisch höchst geschickt wirbt der Zettel um Zuschauer: ein kleines, selbstreferenzielles System, das von der Bekanntheit kultureller Normen abgesichert wird. Es wundert nicht, dass die allmähliche Ausweitung zum Faltzettel und Programmheft mit Anekdoten aus dem Theaterleben, Porträts der Schauspieldirektoren und der Schauspieler begann.

Theaterzettel können sich trotz dieser introspektiven Bescheidenheit indirekt in die Politik einmischen: Als die Franzosen Rheinland und Ruhrgebiet nach dem Ersten Weltkrieg besetzten, mit der ziemlich unverhohlenen Absicht, es nach ausgebliebenen Reparationszahlungen zu annektieren, wurde der »Wilhelm Tell« verboten, doch ließ sich, auf die Ecken des Zettels verteilt, die ebenso wirksame Botschaft »Wir wollen / sein ein / einig Volk / von Brüdern« als Signal des politischen Widerstands verbreiten.

Für all das hat der Theaterzettel über die Jahrhunderte ein Zeichen parat, eine ikonische Gebärde, bekannt als »Zeigehand«.

Sie offeriert ein uraltes, breites Bedeutungsspektrum, von der topischen Geste, mit der Johannes der Täufer auf Christus verweist, bis zur mittelalterlichen Praxis, die Zeigehand als Textmarker zu nutzen. Es sind diese Reduktion, die Ökonomie und zugleich das gestische Geschick, mit dem der Betrachter das Ereignis Theater imaginieren kann, die ihm anhaltende Aktualität sichern und Traditionen bewahren.

Den ersten, uns bekannten »Fall« kennen wir aus dem Jahre 1520. Eine frühe Sammlung verschwand mit dem großen Brand von Hamburg.

Als eine Art Übersetzer fungierten sie in den Schul- und Jesuitentheatern des 16. Jahrhunderts. Als Erfolgsnachweis für Eltern und städtische Gesellschaft lateinisch gespielt, verbreiteten die Zettel in den »Periochen« Kurzfassungen der Inhalte.

Lange mussten Huldigungsformeln und Ergebenheitsadressen Adelsgesellschaften und Stadtregierungen konzessionsbereit machen. Es war die Zeit der Wanderbühnen. Aus dem fahrenden höfischen Sänger war eine Theatertruppe geworden. Einen Text hatte man, ein verschnörkelter Kopf war schnell dazugegeben. Hier konnte man die Entscheidungsträger untertänigst umschmeicheln, um ihnen das wertvolle Konzessionspapier zu entlocken. Die Praxis der »kopflosen« Theaterzettel galt auch noch für die ausgiebigen Gastspielreisen, nachdem es das Theater vom Wanderleben zu festen Häusern gebracht hatte. Noch heute kennen wir es vom kleinen Wanderzirkus auf der grünen Vorortwiese.

Im adeligen Deutschland mit seinen über dreihundert Höfen und Höfchen schossen die Theater nur so aus dem Boden. Deutschland ist bis heute die dichteste Theaterlandschaft der Welt! Damals musste man mithalten können. Theater waren eine Art Kulturtherapie, um dem »ennui« zu begegnen. Virtuosen des Schauspiels und der Musik wurden hoch bezahlt. Zum Dank gab es Theaterzettel auf Seidentüchern und feinen Papieren – eine galante Form der Eigenwerbung! Frau Aja schickte Frankfurter Zettel an ihren großen Sohn Johann Wolfgang, von 1791–1817 Direktor am Weimarer Hoftheater. Die Zettel inspirierten, wurden eine Art Zeuge für diese Leidenschaft und Basis eines besonderen Kulturtransfers. Ein gütiges Schicksal hat sie vor Ort gehalten: Allein 4.300 von ihnen künden von Weimars Theaterleben. Einschlägige Archive von München bis Berlin häuften Riesenkonvolute. In erstaunlichem Maße entgingen sie der Kassation. Wie auf einem Verschiebebahnhof wurden sie verladen, nur: weggeworfen wurden sie kaum.

Heute können wir den Wirkungskreis der großen europäischen Theatermacher nachvollziehen, sei es August von Kotzebue oder August Wilhelm Iffland, Theaterreisende zwischen Zarenhof und dem Komödienhaus in Saarbrücken. Der Volksmund weiß: »Einem Mimen flicht man keine Kränze«, eine Bühnenpräsenz ließ sich nicht konservieren, wohl aber die Erinnerung daran. Das machte den Theaterzettel, trotz materiellem Nullwert, attraktiv!

Donnersta
Volksthün
Bei bis über
Nachm
N
NEST
Liebesg'schich
Posse mit Ge

Am Ende können wir seine Wirkung bis in unsere Tage nachverfolgen: Sei es die Übernahme des Zettelformates in der Zirkuswelt, sei es der fast unveränderte Einsatz zur Bewerbung der ersten Filme:

Drei Antworten auf die Frage, was ihn so resistent gegen Veränderungen, millionenfach aufbewahrt zugleich jahrhundertelang kaum entdeckt, überleben ließ:

- Theaterzettel sind gestische Vermittler eines vom Gestus, vom Zeigen, lebenden Mikrokosmos Theater.

- Theaterzettel sind doppelte Erinnerungsträger: Sie begleiten uns im Vorfeld und Ablauf eines Ereignisses, um es darauf als Teil unserer individuellen und kollektiven Erinnerung zu speichern.

- Theaterzettel sind unverzichtbarer Teil eine kulturellen Anthropologie.

Nur unserer Neugier an uns selber und unserem Begehren, unser Lustempfinden zu bewahren und wieder abrufbar zu machen, verdanken wir den reich bestückten flächendeckenden Friedhof, die noch immer ungehobenen Grabbeigaben unserer verflossenen kulturellen Erfahrungen und Selbstdeutungen!

Welch eine schöne Aufgabe, diese Schätze zu heben!

Gertrude Cepl-Kaufmann

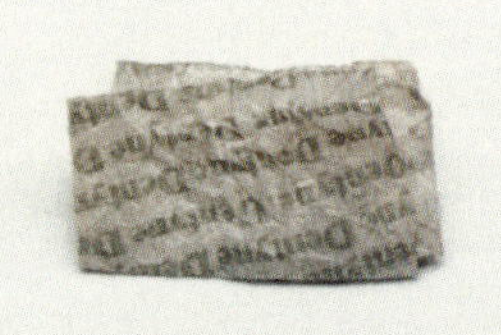

Dentyne

ANHANG

Umschlag
Sammlung von Lochstreifen zum Weben von Bändern an Jacquard-Webstühlen.
Historisches Zentrum Wuppertal.
Museum für Frühindustrialisierung.
Fotografie © **Barbara Räderscheidt**, 2013

4 **Spontaner Scherenschnitt, Bretonischer Fischhändler**
© **Barbara Räderscheidt**, 2013

9 **Spontaner Scherenschnitt, Bretonischer Fischhändler**
© **Heribert Schulmeyer**, 2013

12–19 **GESUCHT GEFUNDEN**
Fotografie © **Matthias Jung**, 2013

20 **Wandritzung/Sizilien**
Fotografie © **Theo Kerp**, 2012

22 **Crossbones Graveyard**
Fotografie © **Birgit Weber**, 2013

27/28 **Feriengrüße**
© **Theo Kerp**, 2012

30 **Bodenseenachrichten**
Fotografie © **Theo Kerp**, 2010

34/36–39 **Kassenbonsprache**
Fotografie © **Susann Körner**, 2009

35 **Kassenbongedichte**
© Susann Körner 2009/2011

Susann Körner beschäftigt sich seit mehr als zehn Jahren mit der Sprache von Kassenbons. Ihre Entdeckungen sind Worte auf Kassenbons, die aus einer anderen Sprache zu kommen scheinen. Für ihre Kassenbongedichte hat sie Waren so eingekauft und auf das Laufband an der Supermarktkasse gelegt, dass beim Einscannen der Gegenstände auf den Kassenzetteln Gedichte entstanden sind.

Aus ihren 20 Kassenbongedichten hat uns Susann Körner eine Auswahl zur Verfügung gestellt.

40, 45 **Birke**
Fotografie © **Barbara Räderscheidt**, 2012

46 **Flugblatt: Olympe de Gouges**
© Gabriela Wachter (Hg.), Olympe de Gouges, Die Rechte der Frau und andere Schriften, Parthes 2006

Die am 7. Mai 1748 in der Nähe von Toulouse geborene, in einem Metzgerhaushalt aufgewachsene Olympe de Gouges galt wegen ihrer zahlreichen literarischen und politischen Streitschriften zu ihren Lebzeiten als wunderliche Gestalt. Auch die Nachwelt wollte an ihrer politischen Leistung über Jahrhunderte kein gutes Haar lassen. Noch zu Beginn des 20. Jahrhunderts wurden ihre Ideen über den Feminismus als »Ausdruck einer übersteigerten Phantasie« bezeichnet. Erst nach der Mitte des 20. Jahrhunderts wurden Olympe de Gouges' Texte zu Klassikern der feministischen Literatur. Ihre rund 140 Schriften ließ sie als Broschüren oder Plakate drucken und an Pariser Hauswände kleben. Als ihr wichtigster Text gilt die »Erklärung der Rechte der Frau und Bürgerin«, die sie 1791 verfasste, um der gerade rechtlich eingesetzten, männlich geprägten bürgerlichen Verfassung einen Gegenentwurf beizustellen.

Olympe de Gouges wurde im Sommer 1793 zur Zeit des Terror-Regimes in Paris verhaftet und als Royalistin angeklagt. Sie war monatelang in verschiedenen Revolutionsgefängnissen eingekerkert, bevor sie am 3. November 1793 öffentlich mit der Guillotine hingerichtet wurde, als erste Frau nach der französischen Königin Marie Antoinette. Den Anlass für ihre Hinrichtung gab das in diesem Band im Auszug abgedruckte Flugblatt »Die drei Urnen oder das Wohl des Vaterlandes, von einem Reisenden der Lüfte.« Sie forderte darin eine Volksabstimmung über die Wahl der zukünftigen Regierungsform Frankreichs.

47 **Zettel auf Gehsteig**
Fotografie © **Barbara Räderscheidt**, 2012

49/50 **Keimwörter/Seeds of Book**
Fotografie © **Setsuko Fukushima**

52 **Am Strand von Knokke**
Fotografie © **Barbara Räderscheidt**, 2013

53–57 **Gemeinschaftsgedichte „Das Wort Zettel einmal verwenden"**
© FREIO-Redaktion 2013

Im Winter 2013 traf sich die FREIO-Redaktion an der belgischen Nordseeküste zu einem Schreibwochenende. Am zweiten Tag unseres Aufenthalts lag Schnee vor dem Haus und auf dem Strand. Wir gingen trotzdem hinaus in den Nebel zu einem Spaziergang am Wasser entlang. Am Abend stellten wir uns eine Improvisationsaufgabe. In Gemeinschaftsgedichten sollte das Wort »Zettel« einmal verwendet werden. Jeder von uns ließ einen Zettel in der Runde kreisen, auf dem reihum Sätze zu einer Art Geschichte aneinandergefügt wurden. Nach Ankunft eines jeden Zettels beim Urheber des ersten Satzes galten die Gedichte als vollständig, wenn das Wort Zettel einmal vorgekommen war.

58/59 **mi manch**
Fotografie © **Steffi Krohmann**, 2013

60 **Wörterlisten**
© Susann Körner

Für ihr 2009 veröffentlichtes Nachschlagewerk »Kassenbonwortschaft nach Sachgruppen – eine Sammlung« hat Susann Körner sieben Jahre lang Kassenbonworte gesammelt und nach Oberbegriffen geordnet. Im vorliegenden Band findet sich ein Auszug aus dem 200-seitigen Sammelband.

62 **Dachbodenfund/Wismar**
Fotografie © **Theo Kerp**, 2010

63 **Totenzettel**
© Jasmin Grande

Aus einer E-Mail von Dr. Jasmin Grande an die Freio-Redaktion.

64/65 **Installation in der Ausstellung »Träume vom Frieden – Krieg und Utopie«**, 2006
im Kunstort Bunkerkirche, Düsseldorf-Heerdt und im Siebengebirgsmuseum, Königswinter
© **Jasmin Grande**, 2006

67/68 **Sammlung von Fahrausweisen Walter Wirdeier, 1982**
Fotografie © **Eusebius Wirdeier**, 2013

71 **In zufälliger Fundlage fixierte Papierabfälle, 2010**
34 x 16 x 2,5 cm
Fotografie © **Barbara Räderscheidt**, 2013

72 **Mutters Notizheftchen**
Fotografie © **Theo Kerp**, 2013

75 **Radierung von Heribert Schulmeyer**, 2013
(Originalgröße)
Fotografie © **Theo Kerp**, 2013

76/77 **Spaziergang**
von Heike Sistig 2012 (Ausschnitt)
Fotografie © **Heike Sistig**, 2013

78 **Siamesische Zwillinge**
Abb.: eines der Blechschilder aus dem Wald von A.S.;
Sammlung: Barbara Räderscheidt

Armand Schulthess besaß ein Stück Land im Tessin, an einem steilen Hang gelegen und mit Maronenbäumen bewachsen. Dieses unwegsame Terrain stattete er über Jahrzehnte hinweg mit Treppchen, Stegen und Geländern aus und hängte Tausende von selbst hergestellten Schildern, Zetteln und Tafeln auf. Damit Informationen nicht verloren gehen, müssen sie aufgeschrieben und deutlich sichtbar nebeneinander angeordnet werden! Davon war A.S., wie er später genannt wurde, überzeugt; und er schuf ein begehbares Lexikon. Es ist ein Versuch, enzyklopädisches Wissen so anzuordnen, dass es räumlich erfahrbar ist. Neben Lexikontexten und Exzerpten wissenschaftlicher Aufsätze finden sich Zeitungsnachrichten oder Horoskope.

Ingeborg Lüscher verdanken wir eine Dokumentation dieser umfangreichen Arbeit, die nach dem Tod des Sonderlings abgetragen und zerstört wurde: *A.S. – Der größte Vogel kann nicht fliegen* (Du Mont Verlag, 1972)
Fotografie © **Barbara Räderscheidt**, 2013

83 **Es sieht ganz so aus, als wärst du frei!**
Stahl, Gummi, L 173 x B 134 x H 192 cm
1972/73

[Einkaufswagen, seit 1937 in den USA eingesetzt, seit 1940 zum Patent angemeldet, seit 1948 erstmals in Deutschland genutzt]

In meinem 1967 begonnenen Kunststudium an den Kölner Werkschulen hatte ich im Geiste der Studentenbewegung gesellschaftliche Phänomene und politische Themen aufgenommen und künstlerisch bearbeitet, zunächst mit druckgrafischen Techniken wie Radierung und Siebdruck, später mit Objekten und Installationen aus Metall, Kunststoff und Holz.

Einkaufswagen, die Anfang der 1970er-Jahre in immer größeren Varianten zur Verfügung gestellt wurden, schienen mir ein Symbol für die Warenwelt des Kapitalismus zu sein. Als Student der Metallgestaltung entwickelte ich die Idee, einen Einkaufswagen in doppelter Größe, also über mannshoch, nachzubilden.

Bei der Suche nach einem Titel hörte ich den Song »Feierabend«, den die Kultband »Ton Steine Scherben« gerade veröffentlicht hatte. Die ersten Zeilen lauten: »Acht Stunden Arbeit sind vorbei / es sieht ganz so aus, als wärst Du frei / kannst Dich vollaufen lassen / und ins Kino gehen /...«. Die zweite Zeile des Poems war dann der gesuchte Titel.

Bei meinem Examen im Januar 1973 hatte ich die Arbeit im Eingangsbereich des Fachhochschulgebäudes am Ubierring 40 aufgestellt.

Eusebius Wirdeier
»Es sieht ganz so aus, als wärst du frei!«
Objektinstallation, Januar 1973
Fotografie © **Eusebius Wirdeier**, 1973

87 **Kaffee Haus**
Fundstück, Sammlung Nelly Schrott
Fotografie © **Barbara Räderscheidt**, 2013

89 **Die unangenehme Nachricht**
Zeichnung aus dem Skizzenbuch »Frauenthaler Blätter«, 2011
Fotografie © **Theo Kerp**, 2013

90/91 **Römische Schreibtafeln**
Fotografie © **Eusebius Wirdeier**, 2006

93 **Bauzaun**
Fotografie © **Theo Kerp**, 2008

94–99 **Zettel**
Zeichnungen von Heribert Schulmeyer;
Bleistift, Tinte und Aquarell; 2013
Fotografie © **Theo Kerp**, 2013

103/104 **Daniel Spoerri: Hahns Abendmahl; Tableau-piège (1964)**
(200 x 200 x 38 cm)
Wolfgang Hahn war Kunstsammler, lebte in Köln und war ein guter Freund von Daniel Spoerri, von dem er bedeutende Werke besaß. Sie befinden sich heute im Museum für Moderne Kunst (MumoK) in Wien. Dazu gehört das große »Fallenbild« »Hahns Abendmahl« aus dem Jahr (...)

Im Haus des Ehepaars Hahn fand ein Abendessen mit (...) geladenen Gästen statt. Die Tafel wurde am Ende des Abends mit allen darauf befindlichen Resten und dem benützten Geschirr fixiert und hing fortan als dreidimensionales Stillleben und Erinnerungsstück an der Wand.

Es war eines der wenigen Fallenbild-Essen, für das der Objektkünstler Daniel Spoerri selbst gekocht hatte. Es gab Szegediner Gulasch. Der Einkaufszettel dazu ist ebenfalls erhalten.
Fotografie © **Rastl/Deinhardstein**

109 **Telefonkritzelei**
Fotografie © **Theo Kerp**, 2013

110 **Erotische Träume**
Fotografie © **Theo Kerp**, 2011

118 **Schul-Zettel; ca. 1975**
»Barbara Hilf mir bitte, S. 11« – »Ja, sicher!«
(6 x 3,5 cm)
Fotografie © **Groba/Pérez Cantó**, 2013

123 **Fundstück**
Sammlung Barbara Räderscheidt
Fotografie © **Barbara Räderscheidt**, 2013

124 **ohne Titel**
Fotografie © **Barbara Räderscheidt**, 2013

129 **Küchentischbüro**
Fotografie © **Benno Zimmermann**, 2013

130 **Hochzeitsanzug-Zettel**
Fotografie © **Barbara Räderscheidt**, 2013

Die Lesezeichen in diesem Band stammen von Theo Kerp, Steffi Kohlmann, Heribert Schulmeyer und Barbara Räderscheidt.

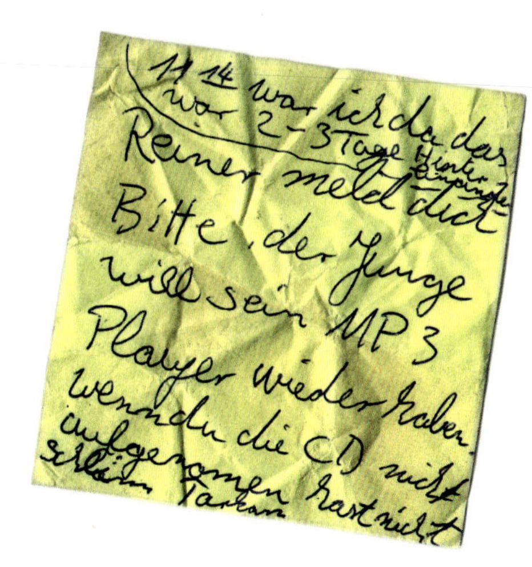

www.stiegl.at
www.stiegl.at
Bier
Selters

AUTORINNEN UND AUTOREN

Gertrude Cepl-Kaufmann
Prof. Dr. Gertrude Cepl-Kaufmann, Literatur- und Kulturwissenschaftlerin, Leiterin des Instituts »Moderne im Rheinland« an der Heinrich-Heine-Universität, Forschungen und Ausstellungen zur Kultur der Region, zu literarischen Gruppen und Fragen der Ästhetik.

Setsuko Fukushima
Wurde 1958 in Tokyo, Japan, geboren. Studium der Malerei an der Musashino-Kunsthochschule in Tokyo. Lebt und arbeitet als freischaffende Künstlerin seit 1983 in Deutschland. Zahlreiche Ausstellungen und Projekte im In- und Ausland.
www.setsukofukushima.de

Jasmin Grande
Dr. (des.), geboren 1978 in Norddeutschland und seit 1997 im Rheinland, Literaturwissenschaftlerin und Ausstellungsmacherin, stellv. Leiterin des Instituts »Moderne im Rheinland« an der Heinrich-Heine-Universität Düsseldorf.

Doris Günther
Verheiratet mit Gilbert Foussette, lebt heute in Duisburg, arbeitet sowohl dort als auch in Düsseldorf. Studierte Konzertpianistin und Instrumentalpädagogin, Lesungen ihrer Lyrik und Satire bei überregionalen Veranstaltungen, auch in gemischt-musikalisch-literarisch-szenischen Programmen im In- und Ausland. Literaturtelefon Düsseldorf, »Forum Poesie« in WDR 5, Mitglied der Autorengruppe »Lesen im Atelier«, Düsseldorf. Vertonung ihrer Gedichte auch durch namhafte Komponisten.

Judith Haag
Geboren 1987 in Worms. Studium des Literaturübersetzens für die Sprachen Englisch und Französisch in Düsseldorf und Strasbourg. Neben der Literatur liebt sie das Reisen und Fußballspielen.

Paula Henn
Geboren 1967 in Erkelenz, Ausbildung als Handarbeitslehrerin. Arbeitete viele Jahre im Tuchwarengeschäft ihrer Eltern. Seit den 1980er-Jahren arbeitete sie als freie Journalistin und Fallenstellerin. Lebt seit 1978 in Köln und schreibt seit 1999 Kurzgeschichten. Ist in der »Freien Initiative für Frauen in Handwerksberufen« aktiv.

Matthias Jung
Wurde 1967 in Herford geboren. Begann mit siebzehn Jahren für ostwestfälische Tageszeitungen zu fotografieren und arbeitet seitdem als Fotojournalist. Seit dem Abschluss des Fotografiestudiums in Essen arbeitet er für nationale und internationale Magazine, für Unternehmen und als Theaterfotograf. Lebt in Lechenich bei Köln.
www.jungfoto.de

Theo Kerp
Wurde 1949 in Köln geboren. Studierte an den ehemaligen »Kölner Werkschulen« Illustration. Fotografiert seit einigen Jahren weitgehend Belanglosigkeiten in seinem näheren Umfeld. Lebt und arbeitet als freischaffender Zeichner in Kerpen-Türnich.
www.blickfischer.de

Susann Körner
1972 in Schleswig-Holstein geboren. Studium der visuellen Kommunikation, Hochschule für Bildende Künste (HFBK) Hamburg, Schwerpunkt: künstlerische Fotografie, Sprache, Künstlerbücher (Diplom 2006). Lebt und arbeitet in Hamburg.

Steffi Krohmann
Wurde 1978 geboren, lebt und arbeitet als Illustratorin und Grafikerin in Köln. Die Einkaufszettel begleiten sie seit der Schulzeit über das Designstudium in Düsseldorf bis heute und hoffentlich weiter. Hier und da kann man sie beim Plattenauflegen in der ein oder anderen Kölner Bar fnden.
www.mimanca.de

Xenia Kuczera
Geboren 1981 im schlesischen Rybnik. Ausbildung zur gestaltungstechnischen Assistentin, Studium der Skandinavistik, Anglistik und Westslawistik in Köln und Stockholm. Ihr Herz schlägt für Literatur, Schweden, Rock'n' Roll und die 50er-Jahre.

Evelyn Meessen
Wurde 1958 in Jülich geboren. Lehramtsstudium und Referendariat in Köln, wo sie auch seit 1980 lebt. Unterrichtet seit zwanzig Jahren an einer Realschule in Leverkusen. Schreibt, fotografiert und collagiert in der kleinen und großen Pause.

Marianthi Milona
Geboren 1965 in Thessaloniki, ist Journalistin. Sie ist in Griechenland und in Deutschland zu Hause. Sie pendelt zwischen den Ländern und unternimmt ausgedehnte Reisen in verschiedene Regionen Griechenlands über die sie immer wieder aktuell berichtet.

Seit 2005 arbeitet sie neben ihrer freiberuflichen Tätigkeit für die deutschen Medien auch im Auftrag des griechischen Kulturministeriums und hält dabei die Arbeit der Archäologen für Mittelalterforschung in Nordgriechenland dokumentarisch fest.

Barbara Räderscheidt
Ist Objektkünstlerin und Kunstvermittlerin. Sie lebt in Köln, wo sie 1959 geboren wurde, und arbeitet u. a. für die Stiftungen »Il Giardino die Daniel Spoerri« und »Daniel Spoerri Gemeinnützige Privatstiftung«, wo sie sich um die Konzeption und Organisation von Wechselausstellungen kümmert. Seit 1998 sichert sie Spuren auch fotografisch.

Jeanette Randerath
Wurde 1961 in Heinsberg geboren, studierte Germanistik und Geschichte, arbeitete in einem Kinderbuchverlag, ging ein Jahr auf Reisen und begann dann, Bilderbücher zu schreiben. Heute lebt sie in Stuttgart.

Nelly Schrott
geboren 1948, Kunst- und Musikstudium (Lehramt) in Köln, Einzel- und Gruppenausstellungen in Köln, Bonn, Düsseldorf und Umgebung, lebt und arbeitet als freischaffende Künstlerin in Kerpen.
www.nellyschrott.de

Heribert Schulmeyer
Wurde 1954 in Köln geboren. Künstler und Illustrator, Mitbegründer der Gruppe »Kölner Kästchentreffen – Objekte und Papiertheater«. Er lebt als Zeichner und Autor in Köln, erzählt Geschichten und bebildert Kinderbücher für viele deutsche Verlage.

Armand Schulthess
War kaufmännischer Angestellter und arbeitete zuletzt in der Schweizer Bundesverwaltung. Nach seiner Pensionierung 1951 zog er sich auf sein Grundstück in Auressio zurück, wo er die »Enzyklopädie im Wald anlegte« und 1972 verstarb.

Der Einsiedler wird heute als Künstler der Art Brut angesehen. Dazu hat vor allem Harald Szeemann beigetragen, der Teile der Arbeit von Schulthess in großen Ausstellungen zeigte, wie 1983 in »Der Hang zum Gesamtkunstwerk«.

Ulrike Schweitzer
Wurde 1954 in Köln geboren, Studium in Konstanz und Berlin. Autorin und Redakteurin im Öffentlich-Rechtlichen. Redaktionsleitung einer TV-Doku-Reihe.

Heike Sistig
Geboren 1964 in Köln. Studierte Kunst und Sonderpädagogik und absolvierte eine Ausbildung zur Kunsttherapeutin. Arbeitet als Illustratorin, Autorin, Redakteurin und bildende Künstlerin. Regelmäßig Einzel- und Gruppenausstellungen in diversen Galerien. Lebt in Köln.
www.heikesistig.de

Daniel Spoerri
Daniel Spoerri, geboren am 27. März 1930. Spoerris Biografie als bildender Künstler begann 1959. In diesem Jahr hatte Spoerri, der vorher neben unterschiedlichsten Gelegenheitsberufen auch Balletttänzer und Regieassistent war, eine Bildidee, die ihm einen Platz in der Kunstgeschichte sicherte: das »Fallenbild« (»In ordentlichen oder unordentlichen Situationen zufällig gefundene Gegenstände werden genau dort, wo sie sich befinden, auf ihrer Unterlage [...] befestigt.« Die so entstandenen Assemblagen wurden als Bilder an die Wand gehängt). Er war Mitbegründer des »Nouveau Réalisme«.

Es folgten aber viele weitere Konzepte und Projekte: die »Eat Art« und in Folge verschiedene Bankette, das Ausstellungsprinzip »Musée sentimental« und zahlreiche Werkserien im Bereich Assemblage.

Daniel Spoerri gründete zwei Stiftungen: den Künstlergarten »Il Giardino di Daniel Spoerri – Hic Terminus Haeret« in der Toskana und ein »Kunststaulager« (mit Ausstellungshaus und Esslokal) in Niederösterreich.

Die Liste von Spoerris Ausstellungen und Aktivitäten ist lang und kann vielerorts nachgelesen werden, in rund hundert Katalogen oder unter:
www.danielspoerri.org
www.spoerri.at

John Sykes
Wurde 1956 in Southport, England, geboren und lebt seit 1980 in Köln. Autor von Reiseliteratur, Lektor für englische Texte und Übersetzer Deutsch-Englisch mit Schwerpunkt Reiseführer und Kunstbücher. Stadtführer in Köln.

Birgit Weber
1960 in Menden geboren, studierte Kunst und Pädagogik in Aachen. Arbeitet seit 1992 in Köln zunächst in einem Verlag, seit 2009 freiberuflich als Künstlerin und Kunstvermittlerin (Erwachsenenbildung) und ist an verschiedenen Buchprojekten beteiligt. Die Digitalkamera ist ihre ständige Begleiterin, mit der sie gerne Pflanzen, Kurioses und Dinge am Wegesrand fotografiert.
www.birgitweber-kunst.de

Eusebius Wirdeier
Wurde 1950 in Dormagen geboren. Fotograf, Gestalter, Autor, Herausgeber und Kurator. Seit 1968 Ausstellungen, Publikationen in Büchern, Katalogen und Zeitschriften. Beschäftigt sich mit öffentlichem Raum und Alltag im Rheinland. Lebt in Köln.
www.eusebius-wirdeier.de

Walter Wirdeier
Wurde 1918 in Bochum geboren. Von 1950 – 1961 Redakteur der Werkszeitschrift »GC-Echo« der Glanzstoff-Courtaulds GmbH in Köln-Weidenpesch. Danach unterhielt er bis in die 1970er-Jahre eine Werbeagentur in Köln. Walter Wirdeier starb 1991 in Dormagen.

Marie-Luise Wolff
Geboren 1958 im Rheinland. Studium der Anglistik und Musik in Köln, auf den britischen Inseln und in den Vereinigten Staaten von Amerika. Arbeitet in einem deutschen Unternehmen. Seit 2009 Verlegerin. Lebt in Köln und Frankfurt.

Christa Zander
Wurde 1950 in Gelsenkirchen geboren, lebt aber seit vielen Jahren im Kölner Raum. Sie war als Lehrerin in der Erwachsenenbildung und in der Grundschule tätig. Seit der Pensionierung arbeitet sie als Atemtherapeutin und hat Zeit zum Malen und Schreiben.

Ulrike Zeidler
Geboren 1963 in Köln. Nach einem Studium der Germanistik und Theaterwissenschaft in Wien, Frankfurt am Main und Berlin, arbeitete sie als Regieassistentin am Theater und beim Hörspiel. Seit 1995 schreibt sie Drehbücher fürs Fernsehen.

Benno Zimmermann
Wurde 1957 in Köln geboren. Abitur, Studium der Anglistik und Romanistik in Köln (nicht abgeschlossen). Buchhändlerlehre in Duisburg. Achtundzwanzig Jahre Buchhändler im Ruhrgebiet und in seiner Heimatstadt.

86 3A106A

WAIST.COAT WORN
BY
MR G.J. EVERARD
ON HIS WEDDING

IMPRESSUM

Die Freio-Redaktion
Theo Kerp
Barbara Räderscheidt
Heribert Schulmeyer
John Sykes
Marie-Luise Wolff
Benno Zimmermann

Freio #5 – Zettel
Ausgabe 5 · Jahrgang 5 · Winter 2013 · 8,90 Euro

Freio-Reihendesign und Freio-Logo wurden 2009 von Eusebius Wirdeier entworfen.
Textkorrektur: Elke E. Wolf, Mechernich
Gesetzt aus der FHKeysans Normal und Bold
Gedruckt auf Profimatt 150 g/m²
Druck: Druckhaus Süd GmbH & Co. KG, Köln

Gedruckt in Deutschland

Freio Verlag
Unternehmergesellschaft (haftungsbeschränkt)
Dr. Marie-Luise Wolff
Gereonstraße 71–73
50670 Köln
www.freio-verlag.de

Vertrieb und Öffentlichkeitsarbeit
Frau Babic

Bestelladresse
Freio ist erhältlich über
vertrieb@freio-verlag.de
oder
www.freio-verlag.de
Freio gibt es außerdem im ausgewählten Buchhandel in Köln und Umgebung.

ISSN 1869-8212
ISBN 978-3-9815027-4-9

Die Redaktion dankt den Autorinnen und Autoren dieser Ausgabe für die freundschaftliche Zusammenarbeit.